有川浩 脚本集

もう一つのシアター！

有川浩
脚本設定
石山英憲（Theatre劇団子）

CONTENTS

Designed by YOSHIHIKO KAMABE

まえがき

諸般の事情で『もう一つのシアター！』脚本をやむなく作者本人が書くことになり、その結果として脚本集が出版されることになりました。

色々ドタバタがあった結果ですが、せっかくなので実際の台本に近い形でライブ感を残したままお届けしたいと思います。なので、執筆時に役者や演出に向けたカッコ書きの指示も残せるところはそのまま残してあります。また、稽古《けいこ》中《ちゅう》に変更になった台詞、膨らんで本番に残った場面などもできる限り回収しました。

稽古時のエピソードや裏話なども【註】として加えてみました。実際の舞台をご覧になった方にもご覧になれなかった方にも、『もう一つのシアター！』副読本として、舞台裏こぼれ話的に楽しんでいただけたら幸いです。

「もう一つのシアター！」（原作／『シアター！』）

脚本／監修　有川《ありかわ》浩《ひろ》
脚本設定／演出　石山《いしやま》英憲《ひでのり》【註1】

【註1】当初は監修だけの予定だったが、途中から原作者が脚本も担当することに。石山氏が脚本を半分ほど書いたところで執筆を交替、演出的に外せない設定や脚本のために立てたキャラクターを残してほぼ全面改稿という結果となった。主には石山氏が締切を守れなかったため（冒頭とラストのシチュエーション、間のいくつかの会話劇以外はほとんど使えるところがなかったと言っても過言ではない）。そんなところまで原作を踏襲《とうしゅう》しなくていい。

登場人物　※（　）内は二〇一一年一月の紀伊國屋ホール公演時の配役データ。【註2】

春川《はるかわ》　司《つかさ》（阿部丈二《あべじょうじ》／演劇集団キャラメルボックス）
春川《はるかわ》　巧《たくみ》（阿部英貴《あべひでき》／Theatre 劇団子）
羽田千歳《はねだちとせ》（沢城《さわしろ》みゆき／Theatre 劇団子）
早瀬牧子《はやせまきこ》（斉藤範子《さいとうのりこ》／Theatre 劇団子）
黒川勝人《くろかわかつひと》（佐藤貴也《さとうたかや》／Theatre 劇団子）
秦泉寺太志《じんぜんじふとし》（ジン）（島村比呂樹《しまむらひろき》／Theatre 劇団子）
小宮山了太《こみやまりょうた》（土橋建太《つちはしけんた》／Theatre 劇団子）
茅原尚比古《かやはらなおひこ》（大原研二《おおはらけんじ》／Theatre 劇団子）
清水《しみず》スズ（白石悠佳《しらいしゆうか》／Theatre 劇団子）

大野《おおの》ゆかり　（田澤《たざわ》佳代子《かよこ》／Theatre 劇団子）

石丸《いしまる》　翼《つばさ》　（大高《おおたか》雄一郎《ゆういちろう》／Theatre 劇団子）

清田《きよた》祐希《ゆうき》【註3】　（沢城《さわしろ》千春《ちはる》）

実行委員・遠山《とおやま》　（遠山晶司《とおやましょうじ》／Theatre 劇団子）

実行委員・竹中《たけなか》／元制作　（竹中《たけなか》さやか／Theatre 劇団子）

実行委員・城田《しろた》／元劇団員1　（城田《しろた》和彦《かずひこ》／Theatre 劇団子）

事務員・冨田《とみた》貫一《かんいち》　（藤田《ふじた》直也《なおや》）

田沼《たぬま》絵理《えり》／元劇団員2　（涌井《わくい》友子《ともこ》／Theatre 劇団子）

田沼《たぬま》清一郎《せいいちろう》　（大和田《おおわだ》伸也《しんや》）

【註2】稽古《けいこ》の下準備として、原作キャラクターを担当する役者同士でキャラクターの認識合わせを行った。各自、原作と脚本を読み込んで自分のキャラクターを解釈し、皆の前で発表する。作者がそれをチェックし、他のキャラクターはそのキャラクターをどう思っているか発表する（司が自分のキャラクターを発表したら、司以外の全員が司に対する思いを述べる）。キャラクターの解釈が完全に間違っていたり、キャラクターに自分の個性を盛り込もうとして別人にしてしまい、作者から「違う。全っ然違う」と駄目出しされまくった人も……自分のキャラクターが把握《はあく》できていない人は、当然「そのキャラクターから別のキャラクターへの思い」も間違っているので、他のキャラクター発表のときも駄目出しされてしまう（「○○は××に対してそんなことは思っていません」とか）。

この時点でキャラクター把握が完璧だったのは司・牧子・黒川・茅原。司に至っては稽古が始まると「なるほど、司ってこういうシチュエーションではそういうふうになるのか」と作者が逆に納得させられてしまうほどの説得力があった。

また、茅原はこのキャラクター合わせの段階から既に役を作り込んでおり、発表に「茅原として」参加していた。どれほどのなりきり度かというと、二巻でリスペクトしていることが明らかになったスズを賛辞した際に（スズはトンチキなリスペクトの理由に若干迷惑している）、スズから「キモい！」と悲鳴を上げられたほど。

「自分の発表」に対して仲間からの反応が返ってくることが原作付きのキャラクターを理解するためにたいへん有効だった、と石山氏のこの提案は好評だった。

【註3】『三匹のおっさん』（文藝春秋）よりゲストキャラクター。公演準備、脚本執筆に関して文藝春秋から協力が多数あったため。

「プロローグ」

音楽、流れ出す。客電がゆっくりと消えて行き、

―暗転―


舞台、暗いまま。

スポットライトを司《つかさ》に。


司　あるところに大変泣き虫で甘ったれで駄目っ子な主宰《しゆさい》の率いる劇団がありました。

　その名もシアターフラッグ。

シアターフラッグのメンバーにライト。メンバー決め決めでストップモーション中。

司がその中の巧《たくみ》に歩み寄る。

司　これこれ。この男が主宰です。こいつが何とうっかり三百万も借金を作り、大変有能で真っ当な社会人である兄に、借金の立て替えを頼みにきやがったのです。……決め顔作ってる場合じゃねーよ、このバカ。さて兄はもちろん断ろうとしましたが……

巧、ストップモーション解除。司にすがりつく。

巧　頼むよ兄ちゃん！　金返せないと俺、訴えられちゃうよ～！

司　（苦虫を噛《か》みつぶしつつ）……分かった、貸してやる。その代わり、劇団は即刻つぶせ！　演劇なんて食えない商売、この機会にやめちまえ！

巧　（元気よく）やだっ！

司　お前という奴はどこまでも！（握り拳ぶるぶる）もうすぐ三十になるっていうのにいつまで演劇なんて先の見えないことを続けてるつもりだ!?　そんなことじゃ売れない役者だった俺たちの親父みたいになっちまうぞ！　いい年こいていつまでもフワフワ夢を追ってるような社会不適格者は貧乏暮らしが祟《たた》って野垂れ死ぬのがオチだ！

巧　だって……俺の作った芝居が、プロに届いてたんだ。

千歳《ちとせ》にスポット&ストップモーション解除。

千歳　声優の羽田《はねだ》千歳です！　あなたたちのお芝居が好きです！　この劇団で私にも演劇の勉強をさせてください！

巧　俺の芝居が君みたいなプロに届いてたなんて嬉《うれ》しいよ！　俺も君みたいにプロの世界へ行きたい！　これからはなあなあ体質を改めてびしばし行くぞー！

シアターフラッグ現メンバー、「おう！」と応える。
だが、同時にそれ以外は「えー」とブーイング

メンバー1　楽しくやりたいのにそんなのやだ。

メンバー2　やってらんねえ。

制作　今まで制作をお手伝いしてたけど、実は内緒で赤字を三百万肩代わりしてました！　最後に返してくれないと民事で訴えちゃうぞ☆

巧 （打ちひしがれつつ）……こういうわけなんだ……でも、プロに俺の芝居が届いてたって分かった以上、ここで諦《あきら》めたくないんだ。あともう少しだけ頑張りたいんだ！

司 もう少し、に二言はないな？

巧 うんっ！（元気に）

司 なら無利子で三百万貸してやる。経理も俺が見てやる。その代わり、二年で耳を揃《そろ》えて返せ。返す金は劇団の収益しか認めない。この条件で返せなかったら今度こそ劇団をつぶせ！

千歳以外の一同「ぎょえ～っ！」

千歳きょとん。

司 こうして有能な兄はシアターフラッグに関わることになったのでした。

そしてある日、プロの声優と有能な兄を迎えたシアターフラッグに、地方都市の高校から公演の依頼が舞い込んだのです……

シアターフラッグ、ざわつく。

ゆかり　有能有能って耳にタコやわ。

スズ　よくあそこまで臆面《おくめん》もなく自分の能力を誇れるわよね〜。

司　何か言ったか⁉　文句があるなら今すぐ借金を返してもらってもいいんだぞ！

一同　いえっ、文句などあろうはずもありませんっ！

司　ならいい。さあさあ、てきぱき動け、てきぱき！　時は金なりだ！

—暗転—

(※ミニダイジェストとして観客に『シアター！』基本設定を理解させることが目的なので、コミカルに楽しげに。またテンポよく短くまとめる)

「第1景」

暗闇の中、ハイエースのバック音とともに実行委員の生徒・遠山《とおやま》の声。

遠山　オーライオーライオーライ……ストップ！……オッケーでーす。

―明転―

朝八時過ぎ。
地方にある緑ヶ丘《みどりがおか》高等学校の教室。下手《しもて》入り口に積まれた段ボールの箱。
舞台上手《かみて》と下手に出入り口があり正面奥が廊下側になっている。
磨《す》りガラスで通りがかる人の影が見える。下手側の壁には黒板。
普段は使われていない教室なのだろうか、教室とはいえ殺風景な感じ。
上手側の壁にはガランとしたロッカーとパネルストーブ。

教師の田沼清一郎《たぬませいいちろう》が机などを整頓《せいとん》している。
ふと掃除をやめ、教卓の上に置かれた台本を手に取る。
と、廊下から賑《にぎ》やかな声が聞こえてくる。
田沼、それに気づくとすぐに上手の扉より教室を出ていく。
ややあって、下手側に人影。
下手側の扉がガタガタと音を立て、

遠山　あれ、開かねえ……すみません、あっちからでいいすか？

と、遠山の後について廊下を通り過ぎるシアターフラッグの面々。
上手側の扉が開き、

遠山　どうぞ！　こっちです！

ジン・小宮山《こみやま》・千歳《ちとせ》・司《つかさ》以外、続々と教室に入って来るシアターフラッグの面々。
それに続いて入って来る遠山の友達、清田祐希《きよたゆうき》。

黒川　失礼しま～す。
ゆかり　なんか学校の教室って懐かしいなぁ。
スズ　確かにこんな感じの匂いでしたよね。
翼　牧子《まきこ》さん着きましたよ！（と、牧子の手を取り）
牧子　（その手を離して）どさくさに紛れて手を握るんじゃないっ！
　（※怒るのではなくじゃれ合いとしてのツッコミ）
遠山　あの……とりあえず荷物適当に置いてもらって……あれ、これで全員すか？
巧　いや、まだ揃《そろ》ってないかな……
黒川　今、残りの荷物車から出してる。
遠山　あ、手伝い行った方がいいすかね……
黒川　いや、人数足りてるから大丈夫だよ。
遠山　わかりました。
茅原　（遠山に）あの……
遠山　え？
茅原　トイレどこかなぁ。
遠山　あぁ！　じゃあご案内します。いやぁ寒いですもんね。トイレ近いっすよね～。

茅原 すみません。

遠山 おい！ 祐希！ ちょっと……

祐希 え？

遠山、祐希を呼んで、

遠山 こいつが今日一日皆さんのお世話係をする清田祐希です！ 何かあったら何でも頼んじゃってください、けっこう使える奴なんで……ほら挨拶《あいさつ》っ！

祐希 (段取りを聞かされておらず、急に振られたので「え、俺かよ」「おいおい」とか思いつつ) 清田祐希です。

巧 よろしく。

遠山 (祐希に) 今、先生呼んでくるから、後、頼んでいい？

祐希 俺、何すんだよ。

遠山 何か聞かれたら適当に対応してくれればいいから……あの、とりあえず皆さん揃ったら改めて挨拶しに来ますんで……今日一日よろしくお願いします！

全員 よろしくお願いしま～す……

遠山　（茅原《かやはら》に）あ、じゃあこっちなんで……大丈夫っすか？　漏れちゃったりしてないっすよね～？

茅原と遠山、教室を出ていく。

巧　あの……
祐希　え？
巧　今日一日、色々とよろしくね。
祐希　ああ、はい。よろしくお願いします。
スズ　お芝居好きなんですかぁ？
祐希　何でですか？
スズ　だってほら、こういうお世話係とかって立候補で決めませんでした？
祐希　ていうか、俺、実行委員じゃないんで……
ゆかり　そうなん？
翼　じゃあ何でやってんの？

祐希　いや、何か準備がバッタバタで人手が足んねえから手伝ってくれって、さっき
　いきなりあいつに頼まれて……
牧子　そうなんだ。巻き込まれちゃったのね。
祐希　今回から始まったイベントなんで、全然準備が間に合わないってテンパってて
　……人手足んねえからよろしくって。調子がいいんですよ、あいつ。
ゆかり　え？　こういうの初めてなん？
祐希　そうですね。
巧　俺たちと一緒だ。
祐希　え？
巧　いや、俺たちもこうやって呼ばれてお芝居するの初めてだから。
祐希　あ、そうなんですか。
巧　お互い頑張ろうね。
祐希　こちらこそ……
黒川　そういえば千歳は？
牧子　事務所に電話するからって……司さんの車に行ったけど。
黒川　何で。

牧子　仕事の電話でしょ。

と、廊下から生徒達の声が聞こえてくる。

下手側の扉がガタガタ揺れるが開かず、司の「羽田《はねだ》さん、こっち」という声とともに上手側に移動する司と千歳の影。

それについて回るように生徒達の影も移動。

「千歳さ～ん」「サインくださ～い」などの歓声。

千歳の答える声。

千歳　ごめんなさい、今日は声優のイベントで来てるんじゃないので……準備の邪魔になっちゃうので集まらないでね。後でお芝居を観てください。

生徒　握手してください！

強引に千歳に詰め寄る生徒の影。一人詰め寄ると一斉に。

「キャッ」と小さく悲鳴を上げる千歳。司が千歳を連れて強行突破。

勢い良く上手側の扉が開き、入ってくる。

すぐに扉を閉めると、外からは追いすがる声が聞こえてくる。

司　(叱《しか》る口調で)あれだけ興奮してる相手に話して分かってもらおうっていうのは無茶だろ。

千歳　でも、周りに迷惑になってるって気がつけばちゃんと分かってくれると思うんです……

司　誠実さが通用するのは時と場合によりけりだ。

巧　大変だったね。

司　誰か女子、羽田さんの付き添いしてやって。うっかり一人で外に出たらまた囲まれるかもしれない。

ゆかり　ウチやろか?

黒川　そうだな、ゆかり役ついてないんだし。

千歳　大丈夫です……(※特別扱いされたくない)

司　揉《も》み合《あ》ったりして怪我人《けがにん》でも出たら学校側にも君の事務所にも責任が取れない。不本意だろうけど今日はあまり生徒と近づかないで。

巧　(千歳を慰めるように)仕方ないよ……

ゆかり 人気者は辛いな。ま、今日はウチが付き人になったるから任せとき。

千歳 すみません……

と、廊下より箱と荷物を持って入って来るジンと小宮山。

ジン ちょっと、荷物出すの手伝ってよ！　何で誰も来てくれないの？

黒川 お前がさっき大丈夫って言ったんじゃねえか。

ジン 大丈夫かって言われたら一応流れで遠慮するだろ！　そこを察して手伝うよってなるのが日本人だろ！　運転だって一回大丈夫って言ったらホントにずっと替わってくれないし、思いやりが足りないよ！　おかげで疲れたしお腹も空いたし……

黒川 司さんだってずっと一人で運転してただろうが！　文句言う前に見習え、光るペシミスト！【註4】

黒川《くろかわ》、ジンのハンチングを取ってデコぺんぺん。

ジン 光りたくて光ってんじゃないよっ！　黒川だって髪質からしてきっと将来O型ハゲだからな！

黒川 う、うっせ！（※想像してちょっとヤな気分）

巧 まだ荷物あるの？

小宮山 あとは物販で売る缶バッジと制作グッズと……あ、あと衣装もあるな……

牧子 じゃあ、手の空いてる人で……

翼 俺行きますから、牧子さんはここで待っててください！

牧子 別に一緒に行くわよ。

翼 いーえ、牧子さんは頑張る俺の姿を見ていてくれればそれでいいんです！　思いがけず逞《たくま》しい俺の姿に「あら？　今日の翼《つばさ》はなんだかちょっと頼もしいかも……ちょっぴりドキドキ☆　もしかしてこれって、ＫＯ・Ｉ!?」なーんてことに……

黒川 おっしゃストーリー完璧に見えた！　ほら行きますよ黒川さんっ！
何のストーリーが見えてんだよ、お前に見えてんのはどっかの異次元だろ。

翼 こまけぇことは気にすんな、レッツゴー！

黒川、ジンから鍵を受け取ると翼と出ていく。

翼、廊下をダッシュ。

黒川　廊下走るんじゃねえよ！

ゆかり　テンション高いなぁ……本番まで持つんやろか。

スズ　車の中でもずっと牧子さんに喋《しゃべ》ってたし。

牧子　正直疲れた。

小宮山、司に近寄り、

小宮山　あの……

司　ん？

小宮山　これ忘れないうちに……昨日までの雑費と行きの高速代……それとガソリン代の領収書。

司　ん、分かった。

小宮山　（ジンに）ほら行こう。

ジン　小宮山はM型かな……

小宮山 イヤな争いに俺を巻き込むなよ！

ジンと小宮山も出ていく。

司は領収書を手に机に座り、台帳的なものに記入。

牧子 （巧《たくみ》に）どうする？

巧 とりあえず全員集まって挨拶してからこっちの人と段取り話し合うからそれまで待機で……あ、そういえば別便のトラックってもう着いてるのかな？

牧子 他に車見なかったけど……

巧 遅いな……ちょっと見て来るかな。

牧子 じゃああたしも見学がてら……

スズ あ、牧子さんずる〜い。

牧子 あんたも来ればいいでしょ。

スズ 千歳も行こう！

千歳 うん！（※誘われて嬉《うれ》しい）

ゆかり あかんって！ まだファンの子ぉら、その辺におるやろうし。

千歳　でも……飲み物買いたいし（※みんなと一緒に行きたい意思表示）。
ゆかり　ウチが買ってきたるから今はやめとき。
千歳　……（※むぅ、と断念）
巧　じゃ兄ちゃんちょっと行ってくるね。
司　あまり関係ないとこうろうろすんなよ。
巧　わかってるって！
スズ　食堂とかあるんですかねぇ……
巧　ちょっと校舎探検してみようか？
スズ　賛成〜！

巧、スズ、牧子も教室を出ていく。
千歳、羨《うらや》ましそうに見送る。

千歳　何かみんな嬉しそう。
ゆかり　まあ、みんなで地方公演来るとか初めてやし……浮かれる気持ちも分からんでもないけど……あ、何ソレ。

ゆかり、千歳が手にした台本に食いつく。

千歳 明日の夜、収録があって……（※別の仕事を持ち込んでいるのでちょっと肩身狭そう）

ゆかり 相変わらず忙しそうやなぁ……そうや、飲み物言うてたな？　何がええ？お茶？

千歳 あ、じゃあ水で。

ゆかり 水な。司さんはコーヒーでええ？

司 俺は別にいいよ。

ゆかり お礼の気持ちちゃん、素直に奢《おご》られてや。長距離運転してくれはったんやし。（祐希に）自販機ってどこあります？

祐希 俺、買ってきましょうか？

ゆかり かまへんかまへん、ウチが行きたいだけやから。

祐希 校門のそばの自販機が一番種類あると思うけど。【註５】

ゆかり ほな、そこまで行ってみるな。

司　校門まで行くなら、ついでにコンビニでおにぎりか何か買ってきたら。ジンが腹減ったってぶつぶつ言ってたし。

ゆかり　そやな、疲れた言うてたからリポDでも買うてきたろ。（祐希に）コンビニどこ？

司　（祐希が答えるより先に自然に）校門から出て右にちょっと行って最初の角を左。

ゆかり　はぁーい。あ、そうや、司さん。その子、今日のウチらのお世話係やって。名前なんやったっけ？

祐希　清田祐希です。

ゆかり　じゃあ、祐希くんて呼んでええ？　ほな行ってきます〜！

ゆかりもハケる。

司　ごめんな、落ち着きのない奴らで……

祐希　いえいえ……つうか、ここ来るの本当に初めてなんですか？

司　どうして？

祐希　いや、コンビニの場所なんてよく知ってんなーって。

千歳　そういうところ、こまめにチェックしてるんですよ、このオジサン（※嬉々《きき》としてからかい口調）

司　オジサンって言うな。

祐希　目配り細けーなぁ……劇団の仕事ってやっぱりそういうの大事なんですか？

千歳　劇団の人じゃないんだよ、このオジサンの本業、サラリーマンだから。

司　だからオジサン言うな。

祐希　どうしてサラリーマンの人が来てるんですか？

司　荷物が車に入りきらないからって急に駆り出されたんだ。

祐希　そうなんですか。

司　仕方なくね。

千歳　本当は心配だったんですよね？　私たちが舞い上がって無駄遣いとかしちゃうんじゃないかって（※天《あま》の邪鬼《じゃく》な司をからかいたくて仕方ない）

司　まぁ、あいつらが危なっかしいのは事実だから、敢《あ》えて否定はしないけど。（※その手に乗るかい、ふん）

千歳　（むぅ、と膨れる）

と、ゆかりが教室に戻ってくる。

ゆかり　あかん、迷いそうや……祐希くん、ついてきて。

祐希　はーい……

ゆかりと祐希、出ていく。【註6】

千歳　司さんはお仕事大丈夫だったんですか？

司　うん、まあ、何とか。

千歳　会社の車まで借りてもらってすみません……（からかい声に切り替わる）最初はこの地方公演、大反対してたのに。結局巧さんのこと応援しちゃうんですね。

司　（※気まずいので話題を変える）それより、そっちこそスケジュールかなり無理したんじゃないの？

千歳　……何とかなります（※ちょっと無理してる風）

司　お客さんが入っても入らなくても利益の出ない公演なんだし、向こうに残って仕事を優先してくれてもよかったのに。

千歳 （拗《す》ねて）せっかく初めての地方公演なのに、私だけ蚊帳《かや》の外にいろっていうんですか？

司 （苦笑）巧が聞いたらきっと泣いて喜ぶよ。

茅原、戻ってくる。

茅原 ただいま戻りました〜。トイレ遠くてめんどくさいなぁ、この教室。漏れるかと思った（千歳にニヤリ）【註7】

司 そんなに離れてんのか。

茅原 向こうの端っこです。手洗い場も遠いし、もうちょっと水回りに近い教室だったらよかったんだけどなぁ……メイクとか色々あるし。

と、荷物を持って戻って来る黒川、翼、小宮山、ジン。

黒川 おし、これで全部と……

小宮山 翼、それ小道具だから一応なか確認しといて。

翼　あ、分かりました。
ジン　何でずっと一人で運転してた僕が二往復もしなきゃいけないんだ。
黒川　ごちゃごちゃ言ってんじゃねえよ！　早く荷解《にほど》きしろ！
茅原　セット用のゴミは？
小宮山　わざわざこっち持ってくるのも手間だし、講堂の入り口に置いといた。

巧と牧子、スズも戻ってくる。

巧　やっぱりまだトラック来てないみたい……
牧子　駐車場ってさっきの所だけよね。
小宮山　そうだと思うけど。
黒川　予定だと九時には着いてるはずなんだけどな……
スズ　道が混んだりしてるんじゃないですか？
巧　まぁまだ五分しか遅れてないし……そのうち来るでしょ。
黒川　そんな悠長に構えてる場合じゃねえだろ？　パネル立てるだけっつっても結構枚数あるし、持ち込みの機材だって仕込みの時間考えると割とシビアだぞ。

小宮山　指定された時間過ぎたら安くなったりしないのかな？

スズ　あ、そういえば昔ピザ半額にしてもらったことありますよ。

巧　トラック着いたらちょっと交渉してみようかな……

司　遅れたくらいじゃ補償の対象にはならないと思うぞ。ていうか、先に確認入れてみたらどうだ？

巧　確認したほうがいいかなぁ……

　ゆかりと祐希が戻ってくる。

ゆかり　お、みんな揃ったんやな。

スズ　あ、じゃあちょうどいいや。

　スズと翼、目配せをすると風呂敷を広げる。

　さながら宴会の準備をするかのように。

　（この宴会で巧がトラックの確認をほったらかしてしまう流れ。するべきことよりも楽しいことのほうに悪気なく流れてしまう感じを演出）

スズ　え〜、皆さんよろしいですかぁ〜？
ゆかり　何やねん。
スズ　今回、初の地方公演を記念して……

翼、缶のノンアルコール飲料を両手に鷲掴《わしづか》んで、

翼　じゃじゃじゃじゃん！　ノンアルコールビールッ！
黒川　おぉ！　マジかよ！
ジン　すごい！　いっぱいあるよっ！
ゆかり　これどうしたん？
スズ　巧さんの指示で買いました！　皆さんへのご褒美《ほうび》だそうで〜す！
黒川　いいのかよ、これ。
巧　当然だよ！　せっかくの地方公演なんだから！　それと……

巧、袋の中から酒のつまみのようなモノを取り出し

巧　つまみもあるよ〜！
小宮山　用意周到だねぇ……
黒川　お前これいつ買ったんだよ。
巧　さっきパーキングエリアで……
ジン　ああいうところって割高なんじゃないの？
巧　他に買えるとこなかったからさぁ。
ジン　まさか後から金取らないだろうね？
巧　お金なんか取らないよ……前祝いだもん。
茅原　太っ腹だねえ。
巧　祝いごとケチったらツキが逃げちゃうしさ！
小宮山　じゃあ景気づけにやっちゃうか？
スズ　はいドンドン持ってってくださ〜い！　早いもの勝ちですよ〜。
茅原　（黒川に）何で早くも二本持ってるの？　がめついなぁ。
黒川　早いもの勝ちなんだから文句言ってんじゃねえよ！

ゆかり、祐希に缶を渡して、

ゆかり これ内緒な。

祐希 あ、ども（※受け取りかけてノンアルコールビールだと気づき、慌《あわ》てて返そうとする。ゆかりと押し付け合いでわちゃわちゃ）

翼 はい、牧子さんも！

牧子 これ飲むと本当のビール飲みたくなっちゃうわね。

翼 じゃあチャッチャと終わらせて、今日はバーッと浴びるほど飲みますか？

スズ ほら、千歳も。

ゆかり 大丈夫やって、アルコール入ってないんやから。

スズ こういうのに付き合わないから千歳は駄目なんだよ！（※先輩ぶって）

千歳 （※ぐっと詰まって）……じゃあ、もらう。

スズ （にっこり）

巧 じゃあ兄ちゃんもコレ。

司 （缶を受け取り、釈然としない様子）…………

巧 それと、これ領収書……よろしくね！

司 おい！（ついにツッコむ） お前の自腹じゃないのかよ、これ！

巧 祝いの席なんだから硬いこと言わないでよ……

司 って今回の公演は入場料の取れない学校公演なんだぞ！ 儲《もう》けが出ないのにどうやって祝いの経費を出すんだ！

巧 物販でこれくらい稼げるよぉ、多分。まあ、それほどお金にならないだろうけど、だからこそ前祝いでみんなに振る舞って気分を盛り上げようよ。地方公演なんて滅多にないことなんだし……

司 二年で俺に借金を返さなきゃならない立場で浮かれてる場合か！ 三十も手前になって鳴かず飛ばずの崖《がけ》っぷちのくせに危機感が足りん！

古株の劇団員、それぞれに痛いところを衝かれて落ち込む。若いスズ、翼、本業のある千歳と茅原はそれぞれに違う反応を。司、苛《いら》立《だ》ったように黙り込む（しおれた様子に罪悪感を刺激されつつ、甘えた性根が腹立たしくもある）。

スズ せっかく地方公演なのにそんな意地悪言わなくたって……三十なんてまだまだ

若いですよ、もっと若いあたしたちだっているんだしっ！　これからですよ、
これから！

翼　スズ……（※空気を読んで止めるような諭すような）

スズ　何よ？（※分かってない。空気を換えようと気を遣ったつもり）

巧　（※やや無理してテンションを上げつつ、飲み物を掲げる）いい？　みんな持った？　ええと僭越《せんえつ》ながら……遂に地方公演に来たぞ！

劇団員たち　（※やはりやや無理しつつ）おおおっ！

巧　じゃあみんな手に持って……いくよ！　乾杯～！

全員　乾杯～！【註8】

司以外、全員口をつけて、

黒川　あ～駄目だ、やっぱ本物が欲しくなるな。

スズ　あたし充分酔えるんですけど～。

ゆかり　牧ちゃん飲むの早いわ～。

牧子　ちょうど喉《のど》渇いてたの。

翼　ガンガンいっちゃってください牧子さん！
スズ　あ！　千歳全然飲んでな～い。
巧　飲もうよ千歳、記念なんだから。
千歳　あ、でも……
黒川　アルコール入ってないんだぜ？
翼　そうそう、それに今日は高校生だけのこぢんまりした公演だし余裕でしょ。
ジン　少しくらい楽しんだほうがリラックスできるよ。
黒川　千歳はちょっと硬すぎるんだって。
ゆかり　おつまみ開けるで～。
スズ　あっ待って待って。
ゆかり　何やねん。
スズ　記念に写メ撮りま～す。
黒川　よーし！　ほら集まれ集まれ～。
巧　ほら、兄ちゃんも入って入って！（司の手を取って誘う）
司　（取られた手を振り払う）【註９】
巧　あ、はい、お邪魔しました～……

劇団員たち、ワラワラと集まりポーズを取って、

スズ　はいチーズ！　あっ！　駄目だ、もう一枚もう一枚！

黒川　お前ブレブレじゃねえかよ！

茅原　手元までうっかりしちゃってるね。

スズ　もう一枚いきま～す！　チーズ！　……あ～、また駄目だ～。

黒川　誰かスズからカメラ取り上げろ！

ゆかり　あかん、何か眠くなって来た……

小宮山　寝ちゃまずいだろ。

ゆかり　ええねんウチ今回役ついてないねんから。

と、廊下に出た翼。

翼　あ、先生来たっぽいすよ。

すぐに体裁を整える劇団員たち。
と、田沼と生徒たちが教室に入ってきて、

遠山 あ、皆さん揃ってます？
巧 あ、はい。
遠山 あの、改めて紹介させてもらっていいすか？　全員じゃないんすけど、今回の文化イベント実行委員の竹中《たけなか》と城田《しろた》です。
竹中 あの！　頑張りますのでよろしくお願いします！
城田 すっげえ楽しみにしてます！　よろしくお願いします！【註10】
全員 よろしくお願いします。
遠山 それと……

田沼、一歩踏み出し、

田沼 学年主任の田沼です。
遠山 一応、今回のイベントの責任者っす。

田沼　一応とは何だ！（軽く小突く）……えー、記念すべき我が校初のイベントにご協力いただき、心から感謝しています。何分初めてのことだらけで皆様にはご迷惑おかけするかもしれませんが、生徒達と力を合わせて盛り上げて行きたいと思っているので……何とぞよろしくお願いします。
（※喋り出す前にちょっと緊張したような咳払《せきばら》いなど。この時点で田沼を記号的な威厳一辺倒のキャラ立てにしない。後に見えてくる「ちょっと堅苦しくて生真面目・不器用」「生真面目さゆえに慣れない悪巧みにうわずってしまう間の抜けたところもある」愛らしいキャラに繋《つな》がるように）

遠山　先生、何カッコつけてんの～？

田沼　（ちょい焦り＆決まり悪いふうに）こら、お客さまと挨拶してるんだから茶化すんじゃない！

竹中　先生こわ～い！　らしくな～い！（※生徒たち、バカにしているのではなく、親愛の現れと分かるように）

田沼　（からかわれて困っているような気恥ずかしいような。気を取り直して巧にともあれ、よろしくお願いします。

巧　こちらこそ。

田沼 さしあたってこの後のスケジュールの確認なんですが……お配りして。

城田と竹中、タイムスケジュールの紙を配る。

竹中 じゃあ皆さん一枚ずつお願いしま〜す。

城田 もらってない人すぐに言ってくださいね！

田沼 では、簡単にこの後の段取りを……これ、とりあえず今日の流れを書いておきました。一応ご説明しますと……すでに舞台上は素舞台に近い状態ですので、すぐにセットや機材の搬入をしていただいてけっこうです。そして十一時から場当たりを兼ねたゲネプロをしていただいて……

巧 へえ、すごいなぁ……

田沼 ……何か？

巧 いや、演劇にお詳しいなぁって。

田沼 え？

巧 いや、場当たりとかゲネプロとか、説明に専門用語が多かったので。

祐希 （ゆかりに）ゲネプロって何ですか？

ゆかり　本番と同じようにスタッフさんも混じって最初から最後まで通す全体リハーサルやな。
田沼　（ややギクリ）一応、責任者として色々調べたので……続き、よろしいですか。
巧　あ、すみません。
田沼　で、私どもは受け付け回りや会場の客席作り。十四時開演……と、このような流れでいきたいのですが……
巧　特に問題ないと思います。
田沼　ではこのように……
黒川　あの！
田沼　はい？
黒川　いや、まだパネルと機材を積んだトラックがこっちに来てないみたいで。九時に来ることになってるんですけど……
田沼　（腕時計を見て）……過ぎてるな……まぁ道に迷ってるのかもしれないし……もう少しだけ様子をみましょう、何かあったら連絡が入るはずなので……
城田　あ、じゃあ俺、下見てきますね。
巧　すみません。

竹中 私も会場の整理、間に合わないんで……

遠山 ちょい先行ってま〜す、祐希よろしく〜！

城田、竹中、遠山出ていって、

田沼 すみませんね……ちょっとバタバタしていまして。

巧 いえ、初めてなら仕方ないですよね。

ゆかり 今までこういうのやってなかったんですか？

田沼 ええ、今年からです。生徒の自主性を育てるために、自分たちの手で文化イベントを運営させることになりまして。学年主任という立場上、私が面倒を見ることに……

ゆかり はぁ……

田沼 生徒たちが自分で考えて企画立案し、実行する……生徒にとっては貴重な経験になるでしょう。皆さんをご招待すると決めたのも生徒たち自身です。いくつか候補の劇団があったのですが、皆さんに強い支持が集まりまして。

巧 光栄です……頑張ります。

ジン　どうせ僕たちが支持されたんじゃなくて、千歳の人気だろうけどさ……
黒川　僻《ひが》むな、ハゲ。
ジン　だってホントのことじゃないか（いじいじ）
千歳　（ちょっと困って小さくなってしまう）
田沼　あなたたちには、生徒にとって善き教材となっていただかなくてはなりません。何とぞよろしくお願いいたします。劇団シアターフラッグ……『掃《は》きだめトレジャー』……期待しています（※やや含むところがある調子で。後半の展開を意識しつつ）
巧　はい！　……あ、挨拶が遅れてすみません。シアターフラッグの代表で春川《はるかわ》巧といいます。よろしくお願いします。
田沼　春川……巧……（※何か気にかかった様子）
巧　で、こっちにいるのが劇団員で……
劇団員たち　よろしくお願いします。
巧　で、この人が劇団のお目付役の……
司　春川司です。よろしくお願いします。
田沼　……春川……司……？

巧 兄弟なんです。俺が頼りないのを見るに見かねていつも助けてくれる優しい兄で、厳しいことを言いつつも俺たちが成功するのをどんなときでも一番そばで見守ってくれて……

司 なに気持ちの悪い捏造《ねつぞう》してんだ！（適宜ツッコミ）【註11】

巧 ……たらいいな～って……（てへへ）

田沼 巧……司……

巧 あの……何か？

田沼 ああ、いや……ご兄弟で劇団を運営というのは珍しいな、と。そうですか……兄弟で……

司 ……（自分は違う、と口を開きかけるが、部外者に事細かく主張するのも大人げないので渋々沈黙）

と、茅原が田沼の後ろに回り込む。【註12】

茅原 （田沼に）あの……

田沼 うわっ⁉【註13】

茅原　すみませんけど、よかったら教室を換えてもらえませんか？
田沼　んっ？……（※内心「まずいな」）ここでは何か問題が？
茅原　ここ、トイレとか手洗い場が遠いので……メイクとかもあるし、もうちょっと水回りのそばの教室のほうが……
田沼　……あいにく空いてる部屋がここしかないもので……
祐希　あ、じゃあ音楽室の隣とかどうですか？
田沼　余計なことを言うな！

全員、驚いて固まる。

田沼　……失礼。いや、教室一つ借りるにも防犯上の問題がありますので、手続きが複雑で……申し訳ありません。
司　（執《と》り成《な》す調子で）いえ、そんな……こちらこそご無理申し上げまして。
田沼　ご理解ありがとうございます。では……

田沼、教室を出ていく。

ゆかり　何や怖い先生やな。
祐希　普段あんまり怒鳴ったりしないんですけどね……どうしたんだろ。
スズ　（心配そうな祐希の様子にほんわりしつつ）いい先生なんだね。
茅原　まさかあの人が……容疑者となった教師を知る者は、皆一様にそう語った……
（※ワイドショーの実況風、しかも殺人事件系）
小宮山　勝手に何かの容疑者にすんなよ！
茅原　だって部屋換えてくれないんだもん（ぷん）
スズ　あたしほめたのに台無しにしないでよ！
牧子　どうする？
黒川　とりあえず舞台見て来るか？　寸法だけでも計っとかねえと。トラック着いたらすぐパネル立て込まなきゃいけないし。
牧子　あ、そうね。
　と、城田が教室に戻ってくる。

城田　あの……
巧　はい？
城田　いや、講堂の前に置いてあったゴミの袋って、劇団さんとは関係ないですよね。
黒川　あ、ウチの小道具です。
巧　今回のお芝居、足の踏み場もないようなゴミだらけの部屋って設定なんで舞台上をゴミで埋め尽くさなきゃいけないんです。
城田　え？　マジすか？
黒川　何で？
城田　いや、今、清掃車が持ってっちゃいましたけど……
翼　嘘《うそ》だろっ！
黒川　勘弁してくれよ！
小宮山　大変じゃん！
　黒川と小宮山、翼が勢い良く飛び出していく。
巧　（ジンに）メモとか書いてなかったの！

ジン 書いたよ！ 紙に大きく「小道具捨てるな」って！

巧 どうするんだよぅ！

ジン 知らないよ！

司 前途多難だな……【註14】

ブリッジ流れ出し

―暗転―

【註4】『もう一つのシアター！』公演（二〇一一年一月）においては秦泉寺《じんぜんじ》太志《ふとし》に配役された俳優（小柄で薄毛）の意向で秦泉寺の身体的特徴を変更することに。体格の特徴から「ちっちゃいペシミスト」を作者が提案したところ、「ハゲをネタにしてほしい」という果敢な申し入れがあり「光るペシミスト」となった。秦泉寺役の俳優は完成した脚本を受け取ってすぐハゲネタを数え、その多さに「美味しい」とほくそ笑んだという。更にはより生え際が際立つように散髪までして本番に臨んだ。舞台で輝くためなら自身の髪をネタにされることも厭《いと》わない役者魂が凄《すさ》まじい。

【註5】本番で一度、祐希がうっかり「コンビニが一番種類ありますけど」と言ってしまったことがある。ゆかりが「コンビニってどこにあります？」と機転を利かせて繋げ、司がすかさず「校門から出て……」と道の説明を割り込ませてフォロー。それから「コンビニ行くなら……」と台詞を前後させて対応した。見事なチームワーク。

【註6】このシーンで司は引っ張り出された祐希に対して軽く手を挙げて詫《わ》びたり、「ごめんね」と言い添えたりしている。脚本に書いていないが、司として動いた場合その反応になったとのこと。原作・脚本を非常に深く読み込んで解釈してくれていることが窺えるアドリブは、ここだけでなく全編にわたっている。

【註7】「ニヤリ」は茅原の解釈による演技。千歳が引くほど不気味でたいへんいい味が出ていた。

【註8】乾杯のシーンは演出が付け加えられ、脚本よりも少し長くなった。スズ以外の全員が司を窺ってびくっと縮こまり、巧が隅っこに皆を呼び集めて小さく乾杯、という流れ。侘《わ》びしくもいじましい場面となった。

【註9】元の脚本では「司は釈然としないながらもきつい物言いをしてしまったので我慢して付き合う」となっていた場面。役者に解釈を預けたところ、司としてここは

断固拒否ということに。確かにそちらのほうが司らしい。小説なら突っ放すが、実際に役者が演じるときつくなりすぎるのではと手心を加えてしまった作者が失敗。

【註10】生徒役は台詞だけ与えて新人俳優がそれぞれの設定を考えたが、城田の設定は「周囲に隠しているが実は大のアニメ好きで羽田千歳の大ファン。物販でDVDと缶バッジをこっそり購入」というもの。物販で一本だけDVDが売れたという設定をちゃっかり自分のキャラクター設定に加えてしまった。

【註11】本番での司のツッコミは思い切り巧の足を踏みつけ「なに気持ちの悪い捏造してんだよっ」と笑顔でねじ込むというものに。部外者への体裁を取り繕いつつ脅《おど》しを利かせるところはいかにも司っぽい。

【註12】元の脚本では「そうだ」と手を挙げ発言するというごく常識的な流れだったが、役者の解釈によって田沼の真後ろにぴたりとくっつき問いかけるというものに。茅原は変わり者であることを積極的に表現する演技が多く、印象的なキャラクターとなった。

【註13】茅原の演技を受けて、田沼も軽く愉快なことに。驚いて飛びすさった拍子にストーブに触れ、「アチチチッ！」と大騒ぎして観客の笑いを誘うのが定番化。

【註14】司の言うこの台詞が「かっこいい〜！」と役者たちに大評判。石丸《いしまる》が休憩中ずっと「前途多難だな……」と司の抑揚を真似するという一幕も。先輩に当たる黒川や茅原から「いくら練習してもお前には絶対そんな役は回ってこないぞ」とツッコまれていた。

「第2景」

—明転—

静かな午前中の教室。
司《つかさ》は教卓で領収書の整理をしている。
牧子《まきこ》、スズ、千歳《ちとせ》、ジンは、黙々と缶バッジ作りに専念している。
缶バッジのパチンパチンという音と、ストーブの音だけが支配している。
ややあってから深い溜め息をつくジン。【註15】

ジン　……はぁ……
スズ　…………
ジン　……何か嫌な予感はしてたんだ……
スズ　…………
ジン　言ったんだ僕、一応教室に持って行ったほうがいいって。それなのにみんなが

スズ　めんどくさがって外に置いとこうって……
スズ　今さら言ってもしょうがないじゃないですか……

再びパチンパチンという音が支配して、

ジン　運転も誰も代わってくれなかったし……
スズ　司さんだってもう一台の車でずっと運転役だったじゃないですか。
ジン　……はぁ。
スズ　溜め息つくと幸せが逃げちゃいますよ。
ジン　こんなにトラブルに見舞われる時点で幸運には見放されてるよ、どうせ。
牧子　静かにしてくれる？　缶バッジ間に合わないから……
ジン　はいはい。
スズ　いつもだったら目玉商品はＤＶＤだけど、お客さんが高校生じゃ値段が高くて売れ行き期待できないしぃ～。缶バッジはシアターフラッグ期待の新商品なんですよ？　他のみんながトラブル処理に回ってる間に、私たちは物販を頑張らないと……（※雰囲気を明るくしようとかなり頑張っている）

ジン　スズに言われたくないよ……いつもうっかりしてるクセに。

スズ、むぅっと黙り込む。再びパチンパチンという音。

ジン　大体初めての地方公演だっていうのに……何でこんな内職まがいな……

スズ　ジンさん、いいかげんうるさいっ。（※頑張りが尽きちゃった）

ジン　ホントのことじゃん。

牧子　もういいわよ、これ私たちがやるから。

ジン　何だよ、人のこと邪魔者みたいに。

牧子　みたいじゃなくて、邪・魔・な・の！　暗い暗いと嘆くより進んで灯りを点けましょう！（※説教、歯切れ良くコミカルに。深刻になりすぎない）

スズ　そうですよ、みんな今自分がやれることとやってるんですから。

ジン　何だよ、僕だってちゃんと作業してるじゃないか。

牧子　黙ってやれっつってんの！

千歳　（言い合いにおろおろヒヤヒヤ）……あの！

三人　（あぁ!?　という感じに一斉に千歳を振り返る）

千歳　（とばっちりを受けてビクッ）……あの、ジンさん、ここは女子たちでやっておくので、よかったらゴミを集める手伝いに回ってくれたら……いいかなぁって……

千歳の仲裁に三人、ちょっと気まずく黙る。

ジン　……分かった。行ってくる。

ジン、ジャンパーを羽織って教室を出ていく。

牧子　（千歳に）……ごめんね、ありがと。
千歳　いえ、そんな……
牧子　もー、悪い奴じゃないんだけどこういうときはちょっとイライラするのよね～。ネガティブ念仏のオートリバースだもん。

笑い合い、また作業しつつ、

スズ　あ、千歳のそれ可愛い〜。
千歳　そう？（嬉《うれ》しそうに）表面にネイル塗ってみたんだ。【註16】
スズ　見て下さいよ司さん、これかわいくないですかぁ。ほら、ラメになってるの。

スズ、千歳から缶バッジを取り上げて司の元に持っていく。

司　缶バッジねえ……俺は全然欲しいと思わないけど。
千歳　（ちょっと拗《す》ねる）別にオジサンのセンスに合わせて作ってないですから。
司　（拗ねたことに気づきフォロー。内心やや慌《あわ》てている）いや、そうじゃなくて。いくらかわいくったってこんな役にも立たないもん、高校生が少ない小遣いから欲しがるか？　って。
スズ　大丈夫ですよぉ、絶対飛ぶように売れますって！
千歳　値段も一個百円でお手頃ですもん。
司　初めて売るのにこんなに作って大丈夫か？
スズ　平気ですって！　ガンガン売って売り上げ百万突破してみせますから！

司 百万!? ……お前の経済感覚ってどうなってんだ?

スズ え?

司 どうやってコレで百万稼ぐんだ?

スズ どうやってって……

司 今日のイベントは一回こっきりの公演だぞ。一般入場を認めてないから観客数は会場の大きさからして四、五百人が関の山だろ。

スズ はぁ。

司 仮に五百人のお客様全員が一個百円の缶バッジを買ってくれたとして、売り上げはいくらになる?（※算数の問題を出す先生の態《てぃ》）

スズ えぇと……五十万?

司 五万だ、五万!

スズ え? あれ? えーと、誰か電卓……

司 これくらい暗算しろ! お前学校でちゃんと掛け算習ったんだろうな。ちょっと試しに七の段の九九言ってみろ。

スズ ひどーい! いくら何でも侮辱ですよぉー!【註17】

と、田沼《たぬま》が教室に入ってくる。

田沼　トラックはどうなりました？

司　まだ来てませんね。

田沼　さすがにおかしいな……

スズ　すぐ来ますって……あ、先生コレどうですか？

牧子　スズ。（馴々《なれなれ》しすぎるのでたしなめる）

田沼　これは？

スズ　学生さんに売りたいんですけどどうですか？　カワイイでしょう？

田沼　どうだろうねぇ。【註18】

スズ　私が高校生だったら絶対買うなぁ～（自画自賛・ほれぼれ）

田沼　やっぱりアレですか？　劇団というのはこういうものを売ったりしないと商売にはならないんですか？

司　こういうものを売っても全く商売にならない、というのが実情ですね。（※劇団員を遠慮なく突っ放す）

田沼　お芝居だけで食べていくのはなかなか大変なことなんでしょうね……

スズ でも皆さんはプロとしてやっているわけだから大したものです。当然、お芝居で生活できているわけでしょう?

田沼 そんなそんな! (元気に謙遜) 全然ですよぉ〜、芝居だけで食べて行けるわけないじゃないですかぁ。

スズ ん?

田沼 みんなめちゃくちゃバイトとかしてますよ。

スズ バイト? 皆さんバイトされてるんですか? プロの役者なのに?

田沼 そうですよ、だって劇団の公演なんかじゃお金貰《もら》えないし……あ、千歳だけはプロの声優だから別だけど。今月なんかこのイベントの稽古《けいこ》で全然バイト入れなくて……(※貧乏自慢モードに入っちゃう)

牧子 スズ!

田沼 それでどうやって食って行くんですか?

スズ 親とかにお金借りたり? ひもじくても水飲んで我慢したり?

田沼 自分で生きて行くためのお金を自分で稼げないのですか? 劇団の役者というものは……

スズ 難しいと思いますよ〜、ね、牧子さん。

牧子　（ちょっと悔しそうに）全員がそうってワケじゃありませんけど……ほとんどの役者は食べて行けないのが事実です。

田沼　噂《うわさ》には聞いていましたが……要するに、夢で食べていく事は予想以上に大変だということか……いやぁ厳しい世界だなぁ。

田沼、段ボールの山のほうを向いて語る。【註19】

田沼　自分で食う事もままならない世界で生きて行くには、それ相応の覚悟がないといけないってことですな。

田沼、時計を見て、

田沼　それにしてもトラック遅いですね。運送会社に確認してみましょう。

司　すみません。

田沼　では……

牧子　あ！

田沼 はい？
牧子 あの、そこに積んである段ボール、お借りしてもいいですか？
田沼 ！　……ど、どうして（うろたえる）
牧子 いや、舞台上に汚れた部屋を再現したいんですけど……一応、引っ越し当日っていう設定なので、段ボールとかもあったほうが……
田沼 （うわずった調子で）いや、学校の備品が色々と入っているので私の一存では決めかねます！
牧子 あ……そうですか。でも中身を出せば……
田沼 駄目！　とにかく駄目っ！　勝手に学校の備品を触ることはまかりならんっ！（※何故か時代劇風）申し訳ないがこの箱には決して触らないでください！
牧子 いいですね、万が一触ろうものなら……（※恐ろしげに）【註20】
田沼 触ろうものなら……？（ごくり）
牧子 呪います。一心不乱に呪います。
田沼 の、呪いってどんな……
牧子 女性は体重が五キロ増えます。
女子たち （はっとお腹を隠したり確かめたり）

田沼　（司に）男は禿《は》げます。
司　（ぎょっとして少し生え際を気にしたりしつつ）……ハイ！（引きつり笑い）

田沼、出ていく。【註21】

千歳　……思ったより変わった先生ですね。
牧子　そうよね、ちょっとね……
スズ　それに、何か引っかかる言い方しますよね……自分で食うこともままならないとか……現実は厳しいとか……
司　普通の人ならそう感じて当たり前だろ。
牧子　……今、あんまり普通の人には見えなかったけど……
司　うん、まあ確かにちょっと変わってるけどな……（また生え際ちょい）
スズ　ていうか何気に失礼じゃないですかぁ？　せっかく初対面のときは優しい先生だと思ったのに。食えてるかどうかなんて余計なお世話ですよ、いーっだ。（と、田沼が出て行ったほうに）
司　やめとけ、負け惜しみにしか見えないぞ。

戻って来る小宮山《こみやま》と茅原《かやはら》。

牧子 どうだった？

小宮山 駄目だね……

茅原 連休に入る前に出せるゴミを全部出しちゃったって。

牧子 校内は全滅か……

小宮山 一応、ゆかりと翼《つばさ》が自販機横の空き缶ボックスとか見て回ってるけど。

牧子 空き缶ねえ。

小宮山 ま、ないよりはいいかなって……

と、続けて巧と黒川《くろかわ》も入ってくる。

牧子 そっちは？

黒川 近くのコンビニとか近所も回ったけど、収集日がココと一緒だから、ほとんど残ってないって……

牧子　全然だめ？
巧　そもそも突然チャイム鳴らしてゴミくださいってさぁ……いくら説明しても不審がられるばっかりでさ、一回、おばさんに警察呼ばれそうになっちゃった。
千歳　あー……女の子が行ったほうがよかったかもしれないですね。いきなり訪ねてきて家庭ゴミ欲しがる男の人って、普通に不審人物っていうか……下手したら変質者……
黒川　おいっ！　何気にひどいこと言ってんぞお前！
千歳　あっ、ごめんなさい！　客観的な意見をついそのまま……
巧　ひどいよ千歳ぇ！
千歳　決して黒川さんと巧さんの人相風体《ふうてい》が怪しいってわけじゃ……
黒川　重ねてとどめ刺してるぞ！
　と、祐希《ゆうき》が本を詰め込んだ段ボールを抱えて入ってくる。
スズ　あっ！　来た来た！
祐希　どこ置いたらいいすか？

スズ あ、適当にそこらへんで……
巧 何コレ。
スズ 本ですよ本！ 図書館で借りて来てもらったんです。
黒川 おおっ！ その手があったか！
小宮山 本だったら、かさも増して広範囲で舞台散らかせるな。
巧 （祐希に）ありがとうっ！
祐希 いや俺（スズを指して）あの人に頼まれただけなんで……
スズ やる時はやりますから！
茅原 うっかり返上だね。（ぼそっと）……返上しなくていいのに。
スズ 何か言った⁉

千歳と牧子、段ボールの中の本を確認する。

巧 よかったぁ、これで少しは散らかした感じが出るかも……
牧子 ねぇ。
巧 え？

牧子、箱の中から本を取り出す。図鑑サイズのものがメイン。

牧子　これ大丈夫？

巧　大丈夫って何が？

牧子　本の種類よ……

巧　どうして？

牧子　いや……設定的に主人公のユウジって……テキトーでちゃらんぽらんな男の子でしょ？

巧　……そうだけど……

牧子　じゃあこういう本読まないでしょ。

巧　え？

千歳　（本のタイトルを読み上げる）『人工衛星の力学と制御ハンドブック――基礎理論から応用技術まで』『気象予報士試験 模範解答と解説』『機械工学便覧 基礎編』……漫画ばっかり読んでるような男の子なのに、グッと理系インテリ風になっちゃいますね……【註22】

巧　専門書かぁ……

小宮山　確かに、こんな本に囲まれた部屋で生活してたら、主人公の性格も変わって見えちゃうかもしれないな。

牧子　さすがに舞台の嘘《うそ》で片付けられないでしょ。

黒川　(スズに) お前内容知ってるんだからちゃんと祐希くんに指示出せよ！

スズ　ちゃんと言いましたよ！　舞台上を散らかしたいからできるだけ大きい本持ってきてって！

黒川　サイズだけかい！　何つー大雑把《おおざっぱ》な……【註23】

巧　(祐希に) ねえ、図書館に雑誌とか漫画とかないかな？　ほら、最近は手塚治虫《てづかおさむ》とか置いてる図書館があるじゃない。

祐希　そんなのないっすよ、学校だもん。

巧　じゃあせめてズッコケ三人組とかかいけつゾロリとか！【註24】

祐希　いや、ないと思いますけどッ！　……何なら俺、家から適当に何か持ってきましょうか？

巧　助かるよ！

祐希　ただ、一人だとたくさん持ってこられないんで……

黒川　手伝うって！　車も出すし！　ついでにゴミとか分けてもらえねえかな。
祐希　まあ、あれば……

全員で歓声。
と、ゆかりと翼入ってくる。
翼は使用済みの紙コップが入ったゴミ袋を抱えている。

ゆかり　ちょ、何ごと？　外まで丸聞こえやで。
小宮山　いや、祐希くんのツテでゴミが手に入りそうだから。空き缶とかあった？
ゆかり　業者が朝一で持ってってたって……
翼　ゴミは拾えなかったんですけど、何か話があるって人がいたので拾ってきました。

翼、廊下に出て、

翼　どうぞ。

と、入って来る事務員の冨田《とみた》。

冨田 あの……失礼します……私この学校で事務員をやってる冨田といいます……

巧 何か？

冨田、いきなり土下座。

冨田 申し訳ありませんでしたぁ！

巧 え？（戸惑う）

冨田 知らなかったんです！　舞台に使うものだなんて全然知らなくて！　だって、どこからどう見てもただのゴミだったので！

巧 あなたが!?

巧以下、劇団員一同、冨田に詰め寄る。茅原だけは司と一緒にやや離れて傍観。

冨田 本当すみません！

小宮山　メモ貼ってありませんでした？　小道具捨てるなって。
冨田　メモ……なかったと思いますけど……
小宮山　すごくわかりやすく大きい文字で……風で飛ばされないようにガムテープで貼ってたんですけど……
冨田　……いや、なかった……そんなのなかったです。
小宮山　おかしいな。
冨田　（突然）そうだ、お茶！　お茶だ！【註25】
一同　お茶？（釣り込まれる）
司・茅原　（それぞれさりげなく聞き入っている）
冨田　お茶を飲んでたんです……事務室で……あの時間は校内の見回りを終えてお茶を飲むのが日課になってて……
巧　それで？
冨田　……おいしかったなぁ～……

一同ズッコケ。司と茅原もがくっと脱力。

黒川　それで！
冨田　それでその……部屋の電話が内線で鳴りまして……講堂の前にゴミが不法投棄されてるから、清掃業者が来る前に指定の場所に移動してくれって。そしたら、ちょうど清掃業者の車が学校に入ってくるのが見えたので、急いで出て行って……
黒川　電話があったんすか？
冨田　ええ。何か急いでるみたいで、誰とは名乗りませんでしたけど……
小宮山　どんな感じの声でした？
冨田　いやどんな感じって……多分男の人だと思いますけど……
一同　多分て！（がくっ。司と茅原もこっそり脱力）
冨田　いや、私も慌ててたもんで……とにかくすみませんでした！
黒川　いや謝られてもさ……
冨田　私のほうでも本番までにお役に立ちそうなものがあったら集めておきますので……本当にすみません……
司　いえ、こちらこそ周りに説明が足りなくて……（巧の頭も下げさせる）

冨田　失礼します……

　冨田、部屋を出ていく。

小宮山　おかしいな……（※名探偵モードにならないこと。小宮山の性格を踏まえて、怪しむよりは面倒ごとの気配を心配する風）

司　ん？

小宮山　いや、絶対見れば芝居の小道具だって分かるようにしといたんだけど。

司　メモ書き程度なら風に飛ばされても仕方ないだろ。

小宮山　いや、それも考えてかなりがっつりと養生《ようじょう》の上からガムテープで固定してたんですけど……

黒川　だったら風に飛ばされる可能性は低いな。

巧　つまりどういうこと？

小宮山　いや、もしほんとにゴミにメモが貼ってなかったとしたら……誰かがそれを意図的に剥《は》がしたとしか思えないんだよな。それくらいベッタリ貼ったもん。

巧　意図的って……何のためにそんなこと……

小宮山 いや、それはわかんないけど……何か引っかかるなぁ……

巧 どこが？

小宮山 さっきの事務員さんの話だと、部屋でお茶を飲んでたときに誰かからの連絡を受けてゴミの存在を知ったんだよね？ ていうことは、事務員さんに連絡した人がいたってことだよね。

牧子 さっきそう言ってたと思うけど？

巧 それがどうしたの？

小宮山 いや、その人はメモに気づかなかったのかなぁって……

一瞬、みんなが止まる。

黒川 そうだよ……メモ貼ってあるのに、何でゴミだなんて電話するんだよ？

ゆかり んなもん遠くから見ただけかもしれへんやん。

茅原 だとしても見に行った事務員さんが気づくでしょ。

ゆかり あ、そうか。

牧子 でも、電話した人が見つけたときにはもうメモが剥がされてたのかも……

黒川　何のためにわざわざベッタリ貼ってあるメモ剝がすんだよ。電話した奴が剝が
してゴミ捨てろって指図したんじゃないの？
小宮山　タイミング的にもそう考えるのが自然だよな。
茅原　被害者となったシアターフラッグ劇団員の与《あずか》り知《し》らぬところで、すでに陰謀は
進行していた……（※ワイドショー風ナレーション）そして第一の犠牲者は！
（だーれーにーしーよーうーかーなー）

皆、思わず茅原の指を避け、

黒川　やめろ、縁起でもねえ！
巧　でも、誰が何のために妨害なんて……（不安そうに）
小宮山　そりゃ、学校の関係者でしょ。内線電話から掛かってきたって言ってたんだ
から……
ゆかり　内線は外から掛かってけぇへんわな。
巧　何で学校の人が？　みんな俺たちの芝居を楽しみにしてくれてるんじゃないの？
（泣きそう）

司　はい、ちょっとストーップ！（手をパンパン叩《たた》いて先生風に）全員落ち着け。
巧　何？
司　お前もベソベソすんな（励ますように軽く小突く）。憶測で犯人を捜しても何も解決しないぞ。ただでさえ予定より時間が押してるんだ、本番まであと三時間半しかないんだぞ。今やるべきことが他にあるんじゃないのか？
牧子　そうよ、幕はどうしたって上げなきゃいけないんだから。せっかく祐希くんが舞台を散らかす小道具を貸してくれるんだし。
翼　そうなんですか!?　イカす奴だな、君ぃ！（祐希の肩をばんばん叩く）それじゃ牧子さん、さっそく行きましょうか！【註26】
牧子　行ってらっしゃい。（にっこり）
翼　えぇー、一緒に行きましょうよぉ！
祐希　あー、女の人がいたほうがいいかも。いきなり知らない男の人ばっかり何人も連れて帰ったら、うちのお袋が嫌がりそうなんで。
ゆかり　じゃあ、千歳ウチと一緒に行こ！
千歳　え、でも私、外に出ていいんですか？

ゆかり　まぁ、確かにあんたに会いたがってる子ぉがまだうろうろしとるけど。でも
　このままやったらあんた、おちおちトイレも行かれへんやん。一回学校から
　出てみせたほうがちょっと落ち着くわ。
司　そうだな、帰ってくるときは目立たないようにするといいかもな。
千歳　すみません、ありがとうございます。
小宮山　じゃあ、俺が車運転するよ。車の鍵、誰ー？

黒川が小宮山に鍵を投げ、
小宮山・ゆかり・千歳・翼・祐希が教室を出る。
以降、残っているのは司・巧・牧子・黒川・茅原・スズ。
入れ違いでジンが半端に膨らんだゴミ袋を一つ提げて帰ってくる。

ジン　ただいま〜……ごめん、近所歩いてみたけどこれくらいしか拾えなかった。
牧子　うん……仕方ないわよ。
黒川　今、祐希くんちに小宮山たちがゴミもらいに行ってるから。
ジン　そうなんだ。

牧子 ……ねえ、トラックまだかしら。

茅原 そういや遅いねぇ。

スズ 九時って言ってましたよね。

黒川 おいっ！　とっくに十時過ぎてるぞ！

と、入って来る田沼。

田沼 運送会社と連絡がとれまして……

黒川 今トラックどこ走ってるんすか？

田沼 ……まだ出発していないと……

黒川 は？

ジン え？

牧子 トラック、出てないんですか？

田沼 指示書に書いてある到着時間が午後九時だったそうで……

黒川 そんなワケないっすよ！　俺ちゃんと言いましたよ！　朝の九時って！

黒川、ポケットから配達の伝票の控えを出す。

黒川　ほら！　ここ、朝九時の指定になってる！

田沼　いや、でも実際にトラックはまだ出ていないわけですから。（何故か勝ち誇ったように）どうします？　今からすぐ向かわせることもできるようですが……

黒川　今からって……たとえ間に合っても仕込む時間がないですよ！

茅原　あ、じゃあ開演時間を遅らせるっていうのはどうでしょうねぇ。

スズ　あっ！　それいいかも。

司　どうでしょうか。（田沼を窺《うかが》う）

田沼　学校行事なので……開演時間を遅らせるわけには……

スズ　え？　だってトラブルなんだし、しょうがなくないですか？

田沼　いや、まったく不運でしたね。しかし、それはそれ、これはこれ。学校行事としてスケジュールは守ってもらわないと困ります。取り急ぎ、運送会社には何と返事をしましょうか？

司　すみません、こちらから運送会社に連絡します。行きちがいの原因も確認したいので……

田沼 （慌てたふうに）いや、でも皆さんには荷物が届かない状態で公演をどうするのか考えてもらわないと！　外部との連絡は私が責任を持ちます。

司 いや、うちと運送会社とどちらがミスしたかで補償の問題も変わってきますし。おい、配達の伝票。（黒川に）

黒川が伝票を司に渡す。

司が携帯で運送会社に電話。

何やらそわそわしている田沼（ここで田沼が犯人であることを伏せて引っ張るよりドタバタを見せる方向性。本来はこういう姑息《こそく》な悪巧みをしない人間なので、企みが露見しそうになるとあたふたしてしまう）。

司 もしもし、本日九時に着く指定で荷物をお願いしたシアターフラッグですが……は？　いや、しかし……こちらにいただいている伝票の控えではちゃんと朝九時の指定になってるんですが。

固唾《かたず》を呑《の》んで見守る劇団員。一人落ち着かない田沼。

司　はぁ⁉　後から夜の九時と訂正の電話が入った⁉

どよめく一同。
人知れずぎくりとしている田沼。
司が鬼のような形相で劇団員を振り向き、

司　おいっ！　誰かそんな訂正入れた奴いるか⁉

ジン　いるわけないじゃん！
黒川　おい、うっかり！　お前じゃねえだろな！
スズ　ひどい！　いくら何でもそんなことしませんよぉ！
司　いや、うちからはそんな電話はかけてません！　そちらの勘違いじゃ……演劇祭の関係者と名乗った⁉

田沼、さらにぎくり。

司 名前はなんて⁉ 聞いてない⁉ 演劇祭の関係者と言ってるから大丈夫だろうと思った⁉ そりゃあそちらのミスでしょう！ 送り主は演劇祭本部じゃなくて、あくまでシアターフラッグですよ！ 何で言うこと聞いちゃうんですか！ ……いや、しかし……！（苛立《いらだ》ちを飲み込むように）分かりました、それでは発送はキャンセルして荷物は差し戻してください。運送料は返してもらうということで手を打ちます、いいですね⁉

司、腹立たしげに電話を切る。
田沼を振り返り、

司 演劇祭の関係者を名乗る何者かから、荷物の時間を遅らせるように電話が入ったそうです。

田沼 （うわずって）いや私は知りません！ そんなことは知りませんとも！ 何というけしからんことだ！

黒川　なあ、さっきのゴミ捨てるように指図した電話と同じ奴じゃないの⁉
牧子　じゃあ本当に誰かがあたしたちの芝居を妨害しようとしてるってこと⁉
茅原　小宮山の推理が当たっちゃうかな？
巧　そんな……
ジン　おかしいと思ったんだ、僕たちみたいな無名の劇団に地方公演の依頼なんて。喜ばせて舞い上がらせてから突き落とすつもりだったんだろ、分かってるんだぞ！　畜生、出てこい！　ドッキリカメラどこだー！

錯乱状態で見えない敵を探すジン。
茅原はその様子をハンディカメラで収めたり。【註27】

スズ　ジンさん落ち着いて！　それにあたしたちは無名じゃないですよ、千歳だけは有名じゃないですか！　元々あたしたちは千歳のおまけでしかないんだから、ドッキリなんて……あ、あれ？　何故か涙が……
茅原　ベイビー、君に涙は似合わないよ。君に似合うのはうっかりだけさ。
スズ　うっさい！

司が田沼に向き直る。

司 あの……

田沼 (ぶんぶん首を振りつつ)私じゃない! 私じゃないですよ!

司 いや、別に先生の仕業だなんて言ってませんよ。ただ、この演劇祭を学校内部の人間が妨害している可能性はありませんか?

田沼 ……そ、そういえば! そんな気配もなきにしもあらずという感じがしなくもないといえばいえるかもしれないような気がしてきたっ! (うわずって台詞がむちゃくちゃ)

司 (むちゃくちゃな台詞にちょいコケ)と、とにかく学校内部で妨害の心当たりはあるんですね?

田沼 は、はいっ!

司 それでは、荷物が届かないことによるトラブルは学校責任ということで、新たに舞台を仕立てるための費用は学校側に請求してもかまいませんね?

田沼、はっと我に返る。
懸命に動揺を立て直しつつ、

田沼 いや、それは許可できませんな。学校予算には限りがあります。それに妨害もまだ学校内部の者と決まったわけではありません。もしかしたらそちらで何か恨みを買ったりしている可能性もあるのではないですか？

黒川 ……もしかして、千歳の入団に反対してシアターフラッグを辞めた奴らだったら、恨んでたりするかな。けっこう揉《も》めたし。

牧子 でも、辞めた奴がこの公演のこと知ってるわけないじゃない。部外者入れられないから、公式サイトにも発表してないのよ。

スズ ……ごめんなさい、あたし、嬉しかったから、演劇仲間にけっこう言いふらしちゃったかも……

茅原 回り回って耳に入ったら嫌がらせされる可能性もある……かな？

巧 ……もしそうだったら俺のせいだ。辞めていったみんなをちゃんと納得させられなかったから……（しょげちゃう）

劇団員の空気が重くなる。

田沼、ほっとしたように、

田沼 そちらにも心当たりがあるようですな。それでは追加予算はナシということで

……。

司 ……分かりました。

田沼、教室を出て行き、劇団員たちが静まり返る。

どんよりとした空気の中、

巧 どうしよう……。

牧子 しゃんとして！ 千歳にこんな話、聞かせちゃ駄目よ。自分のせいで嫌がらせされたかもしれないなんて。

黒川 とにかく舞台を何とか仕立てないと。

ジン セットを組み立てる材料が丸ごと届かないのに、何をどう何とかするんだよ。

黒川 ホームセンターで材だけ買えば何とか……

黒川がちらっと司を見る。

黒川　司さん、これの予算って……出る？

司　いつもの公演と同じだ、普通に経費に計上する。収支がマイナスになるかプラスになるかは終わってみてからの話だな。

ジン　えー、でも荷物届かなくなったのは僕たちのせいじゃないじゃないか！　それくらいサービスしてくれても……

司　サービスして俺に自腹切れってか、それも話が違うだろ！（怒ってはいないが、呆《あき》れてツッコミ）

巧　兄ちゃぁん……（すがる目）

司　（視線から逃げながら）何とか交渉して追加予算をもぎ取ってやろうとしたのに、邪魔したのはお前らだろ！　田沼先生に切り返されて、まんまと動揺しやがって……あれじゃあ妨害が学校関係者だって証明できない限り、絶対追加の金なんて下りないぞ。【註28】

劇団員たち、しおれる。

司　そもそも、一般チケットの販売を認めない必要経費買い切りの学校公演なんて、絶対儲《もう》からないって俺は最初に言ったはずだ。こういうリスクも覚悟したうえで引き受けたんじゃないのか。

黒川　だってこんなことが起こるなんて思わなかったしさ……

司　そこは甘ったれんな。……で、どうする？　買い出し、行くか？

茅原　んー、例えば……劇団のお金じゃなくて、僕たちが自腹切るっていうのも駄目ですか？　それなら劇団の赤字が増えなくて済むんですけど。

司　駄目。金にならなくても公演は公演だ。ていうか、自腹切るなら到着したときの浮かれポンチな前祝いを自腹にしときゃよかっただろが。あれが必要経費でこれが自腹ってのもおかしな話だろ。

巧　わー、しまったぁ！　あの前祝い、いくらかかったっけ⁉

スズ　七千円くらい使っちゃってますよぉ！

黒川　それプラス材料っていくらになるんだよ！

司、巧たちがわいわい焦っているのを尻目《しりめ》に、

司　ま、よく考えて決めろ。買い出し行くなら仮払いの金は出してやるから。

司、教室の外へ。

牧子　……前祝いはかんっぜんにやっちゃったわね〜……あれがなかったら司さん、事情が事情だし役者の自腹くらいは大目に見てくれたかもしれないのに……

黒川　司さんの性格的に、前祝いの領収書はもう返してくれないだろうなぁ。

巧　……（どうしよう、と落ち込む）

ジン　どうしよう、材料まで全部自腹にしたら五万円くらいかかるよ。

スズ、無言で缶バッジの機械の前に座り、猛烈な勢いでバッジを作りはじめる。

黒川　おい、何やってんだよこんなときに！

スズ　司さんがさっき言ったの、五百人お客さんが来て、全員が缶バッジ一個買って

牧子　くれたら五万円になるって！　だから開演までに五百個……そしたらプラマイゼロで赤字にはならないしっ……（半泣き）

黒川　……あたしも手伝う。何にもしないよりマシだし。

巧　……うん。じゃあ、司さんに仮払いしてもらって買い出し行ってくる。

ジン　待って、材料買い直さなくても何とかなんないかなぁ。

巧　どうやって。

　　そ、それは……分かんないけど……でも、兄ちゃん今、すっごく呆れてると思うんだ。前祝いなんかではしゃいでる暇があったら、運送屋にちゃんと確認入れたりしとけばよかった。そしたら荷物も間に合ったかもしれないのに……せっかく兄ちゃん、何だかんだ言って付き添いまでしてくれたのに、俺浮かれてるばっかで……

　　全員しょんぼり。女性陣だけががむしゃらに缶バッジを作る。

巧　……そうだ！　祐希くんたちがゴミとか持って帰ってくれたら……セットが組めなくても、ゴミだけ広げてあとはパントマイムで……

ゆかり　たっだいま〜！

ゆかりに続いて入ってきた千歳がつまずきそうになる。ゆかり支えて、

千歳　す、すみません、前がよく見えなくて。

ゆかり　危ないなぁ……

千歳、古くさい眼鏡をかけている。他、軽く変装。
雑誌の束を提げて入ってきた祐希が、

祐希　あー、すんません。うちのジーサンの老眼鏡だから……【註29】

千歳　ううん、ごめんね、こちらこそ借りちゃって（眼鏡を祐希に返す）

ゆかり　千歳の変装用に祐希くんちで眼鏡とか変装できそうな道具借りてん！　一瞬
千歳って分かれへんやろ？

巧　それよりゴミは⁉　どれくらいあった⁉

千歳 それが……
小宮山と翼がゴミ袋を提げて登場。二人で五袋くらい。
巧があからさまに意気消沈。
千歳 ちょうど紙ゴミやプラゴミは回収日が過ぎたばかりで、まだあんまり溜まってなかったそうです。
小宮山 これでもご近所さんとかに声かけてもらったんだけどね。
翼 無理言って古着とかも出してもらったんですけど。
祐希 生ゴミだったら溜まってたんだけど……それはまずいっすよね。
黒川 仕方ないって……諦《あきら》めて司さんに仮払いしてもらおう。
ゆかり ？ どないしてん？
ジン 実は……送った荷物が届かないことになっちゃったんだ。
ゆかり ええッ!?
黒川 （小宮山に）お前の推理がドンピシャだよ、誰かが妨害してるんだ。演劇祭の関係者を名乗った奴が運送会社に電話して荷物の到着を遅らせてた。

小宮山　えー、当たっちゃったのそれ!?
千歳　ど、どうしたら……
黒川　だからホームセンターに材料の買い出しに……コンパネで壁を立てるだけでも違うからさ……ほら、巧、行くぞ。
巧　……やだ。
ジン　そんなこと言ったたって。
巧　やだっ！　こんなことで無駄なお金遣って赤字増やすなんて、絶対やだ！　もうちょっと考えさせて！

巧、じりじり出口ににじり寄り、逃げるように教室から走り去る。

黒川　こらーっ！　時間ねえんだぞ！
巧　みんなは稽古しててー！
黒川　あンのバカ……！

一心不乱に缶バッジを作っていた牧子が手を止め、立ち上がる。

牧子　やろうか、稽古。

全員が心配そうな眼差しを牧子に向ける。
それを引き受け、

牧子　だめっ子だし甘えっ子だけど、巧は絶対に舞台をほったらかして逃げたりしないわ。絶対、何か考えて戻ってくる。あたしたちにできるのはちゃんとアップして体をあっためて、稽古で勘を摑《つか》んでおくことだけよ。

翼　さすが牧子さんです！　そこに痺《しび》れる憧《あこが》れるぅ！

飛びつこうとする翼を華麗にスルー。

牧子　さ、稽古始めるわよ！　演出はあたしが見るわ！

全員やる気を取り戻す。

祐希が感心したようにその様子を眺めている中、

ブリッジ流れ出し

―暗転―

【註15】『シアター！2』の物販エピソードとしても登場する缶バッジだが、実際にTheatre劇団子は知り合いの劇団から借りた缶バッジ作成キットで缶バッジを作っていたことがある。舞台裏で家内制手工業状態だった。その様子を見ていた作者が小説と脚本に缶バッジエピソードを採用した。また、この缶バッジはAMWがデザインし、「シアターフラッグ公式グッズ」として実際に『もう一つのシアター！』公演会場で販売された。

【註16】ラメのマニキュアを原紙に塗り、ラメ仕様にした缶バッジは実際にTheatre劇団子で作成されたことがある。評判は上々だった模様。

【註17】この場面、稽古中に司主導で膨らませたパターンがいくつかあり（本番ではパターン①が採用された）

・パターン①

司　（略）いいから言ってみろ。

スズ　七×一が七、七×二＝十四、七×三……二十八……？

司　二十一だよねぇ!?

・パターン②

司　（略）ちょっと試しに五の段の九九言ってみろ。

スズ　ひどーい！　いくら何でも侮辱ですよぉー！

司　いいから言ってみろ。

スズ　五×一が五、五×二＝十……（中略）五×九＝四十五！（スズ「ふふん」と勝ち誇り、見守っていた女子二名もわぁっと手を叩いたところで）

司　更にそれ十倍してみようか。

スズ　えっ……

【註18】本番では田沼が「どってことないですね」とスズを突っ放し観客を沸かせるアドリブもあった。

【註19】後半に向けての伏線で段ボールに語りかけるシーン。何てことないシーンのはずが、田沼がたいへんコミカルに膨らませて観客の笑いを誘うシーンに。

【註20】『もう一つのシアター！』公演において田沼役を演じたのは大和田伸也《おおわだしんや》氏。大和田氏といえばドラマ『水戸黄門《みとこうもん》』の格《かく》さん役で有名だが、稽古中に「時代劇風」というト書きに触発されてか何と「まかりならん！」と印籠《いんろう》を出すジェスチャーが。あまりにも贅沢《ぜいたく》すぎるアドリブだったが、本番でも採用された。

【註21】教室の外に出てからも窓越しに「触るなよ」と腕でバッテンのジェスチャーをして観客を笑わせ、完全に田沼の独壇場だった。

【註22】別段笑いを取ろうとして書いた台詞ではなかったが、何故か観客が例外なく笑った「理系インテリ」。演劇というものの予測の立たなさを作者が味わった最初の場面である。

【註23】黒川に叱《しか》られたスズが「司さぁ～ん」と泣きつくも、司がしれっとノートでスズをシャットアウトするという細かい演技が繰り広げられていた。

【註24】ここもさほどウケると思っていなかったシーンだが何故かウケた。

【註25】「お茶」の辺りは稽古で膨らんだ流れ。

【註26】石丸《いしまる》から「このシーン、翼が祐希くんにライバル意識を出して嫉妬《しっと》するって解釈にしてもいいですか」と申し出があり、「イカす奴だな」は祐希に牽制《けんせい》バリバリの演技になった。祐希も続く台詞で「お袋が」を強調し「俺が女の人（牧子さん）を連れて行きたいわけじゃないんですよ～」と言外に主張。いい形で膨らんだ。

【註27】ここだけでなく茅原は冒頭から何かというとカメラを回しているが、これは役者の演技プランによるもの（脚本には出版時に反映させた）。やや奇矯《ききょう》なところのある茅原としてたいへんしっくりくるプランだった。

【註28】この台詞に向けて司の演技には事前から布石が打たれている（黒川が田沼の切り返しを認めたところで「ああ～、バカ」という感じに息を吐いたり）。こうした濃《こま》やかな組み立てが各々の役の説得力を増し、また物語の説得力を増していることを、作者も学ばせてもらった。

【註29】もちろんここで借りてきたのは『三匹のおっさん』清田清一《きよたせいいち》の眼鏡、ということになる。それを察したお客さんからはくすりと笑いが。

「第3景」

—明転—

芝居の稽古《けいこ》をしている劇団員たち。
『掃《は》きだめトレジャー』劇中劇。
芝居を見ているスズとゆかり、小宮山《こみやま》。
牧子《まきこ》は演出代理で役者達が演じる芝居を見ている。
千歳《ちとせ》演じるレイカが入って来るシーンの稽古。
遠巻きで稽古を見ている司《つかさ》と祐希《ゆうき》。
緊張感のみなぎった中、牧子の声が響く。

牧子　はいよぉい……スタート！【註30】

一斉に芝居を始める役者たち。

翼　あっ！　ちょっと勝手にジャンプ捨てないでよ！

黒川　いいんだよこんなもん！　どうせもう読まねえんだから。

翼　読むってば！

黒川　いいからお前も手を動かせよ！　しかもなんで当事者が呑気《のんき》に雑誌読んでんだよ！　引っ越し屋にまで手伝わせやがって……（茅原《かやはら》に向けて）すみません、本当……

茅原　正直すごく迷惑ですけど仕事なんで割り切ります。僕は大人ですから。

黒川　ハッキリ言うねェ……（ジンを振り返り）つうか、お前もさっきから箱詰めに何時間かかってんだよ、トロトロしやがって。

ジン　いや、これ裏返しになってるから。

黒川　いいんだよ適当にぶちこんどけば……見た目どおりに要領悪いな。

ジン　でもほら、向こうで荷物ほどいた時に手間になるから。

黒川　向こうのことなんか知るかっ！　今はただこの部屋から荷物をなくすことだけ考えろ！　足引っ張るなこのゴミ虫！

ジン　ひどいっ！

牧子　はい、チャイムの音入りま〜す……ピンポーン。
翼　鍵開いてま〜す、ど〜ぞぉ。

と、千歳演じるレイカが様子を窺《うかが》うように入ってくる。

千歳　こんにちは……
翼　え……あれっ⁉
千歳　久しぶり。
翼　ええーっ、レイちゃん⁉　うっそ、マジ⁉　何で⁉
黒川　おい、ちょっと誰だよこの美人。
茅原　（そわそわ千歳を窺い、隙を見て写メを撮ったり怪しさ満載の動き）
翼　従姉妹《いとこ》のレイちゃん！　東京の会社で秘書やってるんだよ！
黒川　うおー、美人秘書！　AV以外で初めて見ましたぁ！（レイカの前に滑り込み、じっくり鑑賞）
翼　どうしたのレイちゃん。休暇？
千歳　うん、ちょっと……実家に顔出したら、ユウジくんが街のアパート引き払って東京に引っ越すって聞いて。大学合格したんだね。本当におめでとう。見送りでもしようと思ったんだけど……

黒川　ひっどいもんでしょう？　引っ越し屋も来てるのにこのザマですよ。

茅原　僕らは友達ですから喜んで手伝いますけどね、フフ。

黒川　おい、カメのマークの引っ越しセンター！　お前ちがうだろ！　何をアピールしてんだよ！

千歳　お手伝いしてくれてありがとう。いいお友達ね、ユウジくん。

ジン　すみません僕はみなさんの足を引っ張ってばかりのゴミ虫なので従姉妹のお姉さんにありがとうなんて言われる資格ないんです！　すみません生まれてすみません！【註31】

牧子　はいカット！

途端に緊張から解き放たれる役者たち。

牧子　千歳？

千歳　はい？

牧子　さっき会場を見てきたら思いのほか舞台が高かったから、部屋に入ってきたら
　　　できるだけ前の方に出てきた方がいいかも。
千歳　わかりました。
牧子　それと声が吸われると思うからできるだけ絞って。
千歳　はい。
茅原　僕はどうだった？
牧子　変質者っぽいの上手いわよね、あんた。特に問題なし。
茅原　ありがとう（やけに男前に）
黒川　（えぇっ？）お前、今の誉め言葉として受け取れるの？
ジン　変質者のとこピンポイントで誉められたら、僕なら心が折れる……
牧子　あと翼《つばさ》。
翼　……へ？
牧子　レイカが入ってきたときっていつもあんな感じだっけ？
翼　何か違いました？
牧子　もっとカラッと単純に明るかった気がしたんだけど。
翼　おっかしいな……

牧子　大丈夫？　もうすぐ本番よ。
翼　頑張ります……
牧子　しっかりね。
翼　はぁ……（何となく歯切れ悪く）
牧子　どうしたのよ。
翼　いや……巧《たくみ》さん大丈夫かなぁって……

一瞬、場の空気が止まる。

牧子　……大丈夫よ……巧なら……
黒川　俺たちは俺たちで巧を信じて、やれることやるしかねえからよ！
牧子　そうそう……千歳？　後どこのシーンやりたい？
千歳　あ、後は自分で……付き合わせてすみません。
ゆかり　まぁ千歳は今回あんまり稽古出られへんかったしな。仕方ないって。（祐希を振り向いて）なぁ！
祐希　え？

ゆかり　見ててどうやった？
祐希　いや、どうって別に……
ゆかり　ほらぁ、ウチら今から高校生に見せるわけやし……こっちのほうがウケるんちゃう？　みたいな。
祐希　俺に聞かれても……芝居とか観たことないし。
千歳　気がついたことがあったらお願いします！

一同、祐希を取り囲む。

祐希　参ったな……
ゆかり　ヘイ、カモン！
司　（おい、あまり困らすなよと横からちゃいちゃい。誰も聞いちゃいない）
祐希　いや、みんな台詞覚えてすごいなって……
ゆかり　それだけ？（がくーっ）
祐希　だから言ったじゃないすか、俺そういうのよくわかんないって！

いじけて丸まってしまう祐希を司がフォローなどしつつ。
と、巧が入ってくる。

牧子 ……巧。
巧 みんな、ちょっといいかな。
黒川 ん？
巧 兄ちゃんも……いいかな……
司 …………
巧 今回の公演なんだけど……やっぱり今まで稽古してきたままの芝居じゃ無理だと思うんだ。
牧子 え？
黒川 どういう意味だよ。
小宮山 公演中止ってこと？
巧 ううん。ただ、今まで会場でずっと空っぽの舞台を眺めてたんだけど……大道具も小道具も何もない素舞台を見てたら、昔のことを思い出したんだ。
牧子 …………

巧　俺が芝居を好きになったのは、何もない空間に何でも作り出すことができる無限の可能性だったんだよね。役者が演技をして、照明が入って、音楽が流れて……そうやって話が進んで行くうちに、自然とその周りの風景が見えてくる……

司　…………

巧　昔、兄ちゃんとヒーローの人形で遊んでた頃のこと思い出してさ。セットなんかなかったけど、俺にはちゃんとその風景が見えてたんだ……

司　…………

巧　いっぱい芝居作ってるうちにその感覚が麻痺《まひ》しちゃってたっていうか……きちんと立て込んでセット作って、それはそれで説得力あるけど、本当の芝居の醍醐味《だいごみ》って、演じ手側からの一方的な情報の押しつけじゃなくって、見る側の想像力も加味したうえでの共同作業なのかもしれないなって……芝居をあまり見たことのない高校生たちに見てもらうんだったら、尚更そこを見せてあげたほうがいいんじゃないかなって……

黒川　……つまり？

牧子　どうするの？

巧　セットも小道具も使わない新しい『掃きだめトレジャー』に挑戦しようかなって。

どうせゴミもあんまり集まらなかったし、舞台の上にちょっぴり撒《ま》いてごまかすよりも潔くていいかもしれない。

牧子 え？　どういうこと？

巧 もちろん、話のキーとなる札束とか、最低限の持ち道具は必要だけどね。

黒川 待て待て待て！　ゴミもねえのにどうやってその札束隠すんだよ。

巧 うん。改めてこの作品を考え直してみたんだけどさ、やっぱり設定としてゴミを出さないわけにはいかないんだよね。この話の核になるのは、主人公のすさんだ心の中とリンクするように、物語を通じてゴミだらけの部屋がきれいに片付いていくっていうところなんだし……

黒川 そうだろ？

巧 つまり、この作品にとってゴミっていうのは絶対に必要不可欠なキャストの一つなわけで……作品に必要なキャストならそれを演じる役者がいても面白いんじゃないかなって……

黒川 ん？

巧 だからそこが可能性なんだって。役を演じるのは役者の仕事だろ。小宮山と……それとゆかり。

小宮山　え？
ゆかり　何よ？
巧　悪いけど……二人でゴミの役やってくれる？【註32】
小宮山　は!?
ゆかり　ゴミ!?
巧　そう、ゴミ。
黒川　おい巧よ～……
牧子　え、ちょっと待って。どうゆうこと？
巧　どういうことも何もそのまんまだよ。役者なんだからどんなものにもなりきって表現しないと……生きてるものしか演じられないっていうのは、役者の怠慢じゃない？
小宮山　ちょっと待って、巧が言ってるゴミっていうのは、一般的にいうところの、いわゆるゴミのことだよね？
巧　だからそうだってば。
小宮山　うん……うん？（確認したもののやっぱりよく分かんない）
黒川　待てって！　仮にも一応女優とウチの二枚目担当だぞ？　ゴミをやらすなんて

話があるかよ。

巧　だって小宮山とゆかりは今回役についてないんだし。それにやり方次第で笑いも取れるし、美味しい役になると思うんだ。

小宮山　美味しい役？【註33】

ゆかり　なに食いついとんねん！（※ツッコミきつすぎると殺伐《さつばつ》としてしまうので、適度な勢いで）

黒川　待て待て待て！　冷静になれって、巧！　もし仮に二人が今から必死にゴミの役作りを全うして素晴らしいゴミを演じ上げたとしてもだ！　な！　よく見てろ、な！　ちょ、二人来て！

黒川《くろかわ》、小宮山とゆかりを屈《かが》ませる。

ゆかり　ちょ、何すんねん。

小宮山　いてえって。

黒川　何かセリフ言え。

小宮山　セリフ？

黒川　ゴミになりきって何か言えっつってんだよ！

小宮山とゆかり、顔を見合わせて、

小宮山　……ゴミオです。

ゆかり　ゴミコでぇす。

小宮山、ゆかり、（ああっ恥ずかしいっ）と小さくなってしまう。

仲間たちは同情したりからかったり。

黒川　な！　冷静に見てみろ。これはもうどうやってもゴミには見えない！　ゴミになろうと躍起になってる、ただのかわいそうな人だ！　こいつの髪の毛並みにかわいそうだ！（ジンの頭ペンペン）

ジン　僕の髪はほっとけよ！　……けどまぁ、確かに痛々しいね、これは……

黒川　な？（頭ペン）【註34】

ジン　違うって！　ゴミオとゴミコだよ！

巧　もちろん、そのまま舞台に上げたらそう見えちゃうかもね。だから別の見せ方を考えてみたんだ。

牧子　別のって？

巧　二人をそれぞれすっぽり包み隠せるくらいの布で覆って、あくまでゴミの象徴として印象づけるんだ。重要な小道具以外は身につけず、他の役者もパントマイムで部屋の中の物を運んだり（パントマイム実演、何か抱えて運ぶ）、動かしたりして（パントマイム実演、重たい物を押す）表現する……

黒川　それで。

巧　ゴミの中に何かを隠さなきゃいけないときとか……話の流れの中でゴミの存在がどうしても必要になるときだけ、どっちかのゴミがその役者の近くに移動する。

巧、牧子のそばに小宮山を移動させる。

巧　ゴミがひとりでに動けばそれだけでお客さんはそこに注目するでしょ？　つまり、こっちが注意して見てもらいたい場所にゴミがそれぞれ移動すれば……

巧、牧子から離れてゴミ役の二人を手招き。
二人、今度は心得たように布をはためかせながら移動。

巧　お客さんも重要な伏線を見逃したり聞き逃したりすることはなくなるよね。演劇に慣れてない人には、却《かえ》って親切かもしれない。それに、笑いも作れるよ。登場人物が今ゴミが勝手に動いた動かなかったとかいじってくれれば、面白いシーンになる。何より、ゴミを役者が演じることで、ゴミだって元々は命の宿ったモノだったんだ、だからモノを粗末に扱っちゃ駄目だよっていうメッセージも籠《こ》められるんじゃないかなって。

翼　なるほど……もったいないオバケっぽい感じですかね。

巧　急ごしらえの雑なセットに中途半端な量のゴミを散らかしたってゴマカシが見え見えじゃない？　俺たちは贅沢《ぜいたく》にお金を使える立場じゃないし……じゃあ、頭を使うしかないなって。さっき、会場で何もない素舞台を見ながら、ずーっと色々考えて……そしたら突然アイデアが頭の中をバーッて……

しばしの間。

巧、静まり返った雰囲気に慄《おのの》く。

巧　あれ？　……やっぱ……駄目かな。

黒川　いや、駄目も何も……

と、祐希が口元を押さえて吹き出す。

巧　え？

祐希　それ面白いっすよ。

巧　本当？

祐希　いやその発想もそうなんですけど、それを大の大人が真剣に考えてたっていうのが……何つーか笑える。【註35】

巧　ちょっと待って、そこ笑うとこじゃないよ⁉　俺、真剣だよ⁉

千歳　私も面白いと思います。（翼を見て）もったいないオバケ風のゴミ、いいよね。かわいい。

牧子　そうね。新境地かも。

スズ　今までやったことないチャレンジだし、ワクワクしますね！
巧　でしょ？
牧子　それがうまくいけば、またこの作品を再演するときに余計な荷物とか小道具を用意し直す必要もなくなるし……場所を選ばずどんな場所でも上演できるわけでしょ？
巧　そう！
牧子　予算も削減できて、更に作品の可能性も広がるって、一石二鳥じゃない！
巧　兄ちゃんどうかな？
司　…………

みんなの視線が一斉に司に向けられる。

司　（たじろぐ）芝居のことなんて素人の俺に訊《き》いても意味ないだろ。
巧　意味あるよ！　兄ちゃんがいいって言ってくれたら、俺のやる気が出るもん！ねえ！
司　（こっ恥ずかしくて聞いていられない。苦虫を嚙《か》みつぶしたような顔でそっぽを向きながら）……いいんじゃないか。逆境でこういうことを考えつくのはすごいと思う。

喜びを爆発させる役者たち。
千歳、司に近づき、

千歳 相変わらず素直じゃないんですね。【註36】
司 うるさいな。しつこい子供はお兄さん嫌いだぞ。
千歳 お兄さんって。三十路《みそじ》のくせに図々しいなぁ、オジサンは。

そこに勢いよく入ってくる田沼《たぬま》。

田沼 公演はどうなりましたかな？（内心勝ち誇っている）
巧 問題ありません、ご心配なく！
田沼 ええ、不運が立て続いて大変でしょうとも！　しかし学校行事を中止するわけには——（ん？　と途中で不審に）

巧　（ええ、だから）大丈夫です。
田沼　……いや、あの、セットもゴミもないんだよ？　一体何がどう大丈夫って……
巧　任せてください！
黒川　こいつが最高のアイデアを出したんで。
田沼　あ……あ、そう……あぁ、良かった……本当に良かった……いやぁ、肩の荷が下りました……公演中止になったらどうなることかと……いや、実に良かった……（※ガッカリ感やごまかし・取り繕いをかわいらしく）
黒川　おい！　ぼやぼやしてる場合じゃねえぞ！　巧っ！
巧　うん！　じゃあ演出つけ直さなきゃ駄目なところもあるし……場当たりも兼ねて、十分後に舞台集合で！
全員　はいっ！（よっしゃーなど良いお返事）
黒川　（小宮山に）頼んだぞゴミ！【註37】
小宮山　役がゴミなだけ！　ゴミって呼ぶなよ！
ゆかり　（巧に）こんな美人がゴミなんかやったるんやからな、恩に着てや。
巧　うん、ありがとう。その代わり、絶対面白く仕上げてみせるから。
茅原　なーんかゴミのほうが美味しいような気がしてきたなぁ……小宮山、僕と役、取りかえっこしない？
小宮山 そうは行くかい。
牧子 ほら千歳、いくよ。
千歳 はい！
スズ それじゃ行ってきま〜す！

役者たち教室を出ていき、

巧 兄ちゃん。
司 うん？
巧 ありがとう。兄ちゃんがすごいって言ってくれたから頑張る。
司 （照れ隠しでつっけんどんになりつつ）はいはい。分かったから、早くみんなのところに行ってやれ。
巧 うんっ！

巧、勢い良く部屋を出ていく。教室に残っているのは司と田沼、祐希。

田沼が司に歩み寄る。

田沼 いやぁ頼もしい。流石《さすが》プロの劇団さんは違いますね。

司 とんでもない。主宰《しゅさい》からしてまだまだ甘ったれていてお話になりません。

田沼 あなたは弟さんの良き理解者だ。きっと心強い存在なんでしょうね……

司 決してそんなことはありません（きっぱり訂正。兄弟仲良く劇団を運営しているなどと誤解された節があるので若干むきになっている）。事情があってやむなく付き合ってはいますが、演劇なんて不安定な商売はむしろとっとと辞めてほしいくらいです。

田沼 ……つかぬことをお伺《うかが》いしますが……

司 何か？

田沼 ご親族の誰かが……演劇か何かをされていたのですか？

司 何故です？

田沼 いや、ご兄弟でこういう道に進むというのは……たいそう演劇に親しみのある環境だったのかと思いまして。

司 いや、だから俺はこの道に進んだわけでは……

田沼　よほど熱心な演劇人が身内におられたのかと……

司　(ぼそっと) 聞いてねえな……。まぁ、熱心な身内はいましたね。父が売れない劇団で役者をしていました。

田沼　やはり……そうですか……

司　まぁ、自由人というか身勝手な父親でしたよ。演劇にのめり込んで貧乏暮らしを続け、家族を置いて早死にしてしまいました。

田沼　……(何かを噛み締めるように)

司　だから私は決して演劇を快くは思っていませんし、彼らの良き理解者というわけではありません。ただ一つだけ演劇に感謝していることといえば、いじめられっ子だった弟を救ってくれたということだけです……

田沼　いじめ？ (教師として真剣に反応。条件反射に近い)

司　子供の頃、あいつは人見知りが激しくて……ひどい引っ込み思案だったんです。保育園でも小学校でもずっと周りの子にいじめられていて……外に出ても物陰に隠れて息を殺しているような子供でした。うちの中以外に安心できる場所なんて一つもなくて、同じ年頃の子供の影に怯《おび》えて……本当に不憫《ふびん》な子供だったんです。

田沼　それで？

司　そんな弟を案じていた母に、父が当時自分の手伝っていた演劇教室に子供たちを参加させないかと持ちかけたんです。演劇に出会ってあいつは初めて自分に自信をつけることができました。もし、あのとき演劇に出会っていなければどうなっていたのか……それは恐くて考えたくもありません。

田沼　なるほど……

司　あいつにかかれば、何もないただの空間に一瞬にして色鮮やかな世界が生まれる……そしてそれは見る人を魅了する力を持っている……

田沼　…………

司　それでも、食って行けないのならどこかで諦《あきら》めるべきです。でないと親父と同じことになってしまう……

田沼　なまじの才能では食って行けない世界ですからな……しかし大した発想力です。ゴミを役者が演じるとは……本当によく考えたものだ。

祐希　……ん？

田沼　私はそろそろ会場の準備を……あ、清田《きよた》。

祐希　はい？

田沼　生徒たちに配る劇団紹介のプリントだけどな、もうじき刷り上がるから劇団の皆さんに内容を確認してもらいなさい。【註38】
祐希　分かりました。
田沼　では。

田沼、振り返った瞬間、唇を噛み締めて教室を出ていく。

司　そうだ……物販の場所、分かるかい？
祐希　え？　……あぁ。
司　下見しておきたいから案内してもらってもいいかな。
祐希　はぁ……
司　？　どうしたの。
祐希　いや……先生何でゴミを役者が演じるって知ってたんだろうなって。
司　ん？
祐希　さっき巧さんが説明してたとき、いなかったから……
司　……きっと廊下で……

祐希　にしちゃあ息切らして駆け込んできた気がするんすけど……

司、ゆっくりと天井を見上げると
ブリッジ流れ出し

—暗転—

【註30】稽古のウォーミングアップでこの場面を「めちゃくちゃハイテンションかつできるだけ早回しでやってみよう」ということがあった（巧の長台詞パートが終わるところまで）。全員が早口で台詞を絶叫し、可能な限りのオーバーアクション。台詞がないはずの司なども余計な茶々を入れまくり。本来あり得ないお笑い展開になってしまったが、単にふざけているわけではなく、役者の羞恥心《しゅうちしん》を振り切るための訓練。

【註31】稽古で試したパターンには、秦泉寺《じんぜんじ》が完全に逝《い》ってしまった目で千歳に迫り、ほとんど押し倒さんばかりになって黒川に羽交《はが》い締《じ》めにされるというものもあった。茅原よりよほど変質者っぽくなってしまったので没。

【註32】この展開は脚本設定担当者の発案。執筆を交替したとき「ゴミにキャストをつける」「訳ありの段ボール」などいくつかの設定を引き継いでいる。

【註33】思いがけず笑いが発生したポイント。作者的には「うん……うん？」のほうが来るかな、と思っていた。つくづく生の舞台は観客の反応が読めない。

【註34】本番では観客の反応を見つつ、「とっちらかってるもんなぁ」と黒川がジンの髪をパラパラやる演技が定着した。

【註35】ここも「思いがけず」ポイント。

【註36】最初の稽古では劇団員たちが盛り上がった勢いのまま声を張りすぎて、千歳と司のやり取りがかき消されていた。千歳、負けないように声を張り上げて台無し。「相変わらず素直じゃないんですね――――――――ッ！」「はーい、ここから千歳のかわいいタイムだよ～。みんな、千歳を潰《つぶ》さないであげてね～」という演出の指示により、一旦《いったん》盛り上がった声を自然に抑えていくという調整がかけられた。

【註37】ここも「思いがけず」ポイント。作者としては軽いじゃれ合い程度のつもりだった。

【註38】稽古中はあまり強調されていなかったが、本番になってからクライマックスへの伏線のように不穏をにじませた口調に自然と変化していった。

「第4景」

―明転―

教室の隅で電話をしている千歳《ちとせ》。
ゆかりは真剣にゴミの形態模写を突き詰めている。【註39】
司《つかさ》、物販用のポップに色塗りなどをしている。

千歳　(携帯に)ええ、正確な時間はちょっと……。すみません。あ、それは大丈夫です。はい……失礼します。(電話を切って司に向き直る)ありがとございました、電話入ってるの教えに来てくれて。
司　何度も鳴ってたからよっぽど急ぎの用件かと思ってさ。君の鞄《かばん》開けて勝手に携帯持っていくわけにもいかないし……
ゆかり　何やったん?
千歳　事務所から。急なオーディションが入って……

ゆかり えっ、帰らなあかんの⁉
千歳 いいえ、明日なのでそれは大丈夫です。ただ、午前中の早い時間に順番が回ってくるから、今日何時に帰れるのかって心配されちゃって……あまり遅くなると明日に差し支えるから。
司 車だから時間は読めないしなぁ……羽田《はねだ》さんだけ電車に切り替えるか？
千歳 いえ、大して時間変わらないし。大きいオーディションだからマネージャーが心配性になってるみたい。
ゆかり へえー、そんな大きいオーディションって緊張せぇへんの？
千歳 そうですね、最近はあんまり。
ゆかり すごいなぁ、さすがやな。
千歳 違うんですよ、シアターフラッグのおかげなんです。みんなとお芝居やるようになって、前よりも演じることに自信が持てるようになったっていうか……。駄目だったら縁がなかっただけだって、自然体で役にぶつかれるようになったんです。【註40】
ゆかり え〜。照れんなぁ、そんな〜（照れ隠しで司の肩をドーン）
司 （ポップの色塗りが盛大にはみ出し）ああっバカ！

司「お前ぇ～」とゆかりを睨《にら》むが、ゆかりは「ごめーん」と軽い扱い。【註41】

千歳　役作りの最中だったのに、付き添ってくれてありがとうございました。

ゆかり　忘れとった……ほな戻りますか。

千歳とゆかりが行こうとすると、教室に入って来る祐希《ゆうき》。

手には刷り上がったパンフレット。

祐希　あ……

ゆかり　おう世話係！

祐希、申し訳なさそうに司の元へ。

ゆかり　何？　どうしたん？

祐希　あの……ちょっといいすか？

司 ん？
祐希 いや、これ……今日のお客さんに配る劇団紹介のパンフレットなんすけど……
司 ああ……
司、手に取って読み始め、徐々に顔が険しくなる。
司 ……参ったな、これは……
ゆかり （不安そうに）何て書いてあったん？
そこへ劇団員達が戻ってくる。
それぞれ、互いに駄目を出し合ったりしている。
ゆかり あれ？ 稽古《けいこ》せえへんの？
黒川 今、照明の直しで少し舞台空けてくれって言われたからさ……
巧 兄ちゃん？
司 ………

巧　……どうしたの？

司、パンフレットを無言で巧《たくみ》に渡す。

巧　これは？

ゆかり　生徒さんたちに配る劇団紹介やって……

巧　おっ！　手作りっぽくていいねぇ……

巧、パンフレットに目を通すと急に何度も読み直す。

黒川　巧？

巧　……何コレ。

黒川　何だよ……見せろよ。

黒川《くろかわ》、巧からパンフレットを取り上げる。

巧　……ないって。これはないよ。
祐希　(司に)俺が取りに行ったときには全部刷り上がってて……
黒川　ちょっと待てよ……どういうことだよ、これ……え?
牧子　何?
黒川　芝居の内容どころか、劇団名すら書いてねえ……
牧子　え?
小宮山　どういうこと?

一同、それぞれにパンフレットを受け取り、目を通す。
ジンが引ったくるように黒川からパンフレットを奪い取り、千歳も不安そうに受け取る。目を通して凍りつく千歳。
祐希、携帯を取り出して遠山《とおやま》に電話。

祐希　あ、もしもし? 祐希だけど……ちょ、すぐ来てくれる?
巧　(司に)どうしよう……

司　茅原《かやはら》。
茅原　はい？
司　冊子に載せる劇団情報、事前に学校に送ってくれてたんだよな。
茅原　言われてすぐ……
ジン　何だよこれっ！　僕らのことなんて何にも、ひとっつも書いてない！　千歳のことしか書いてないじゃないかっ！　こんなの劇団のアピールにも何にもなんないよっ！　ただの羽田千歳新聞じゃないかっ！

ジンが手放したパンフレットを千歳がそのまま受け取り、強ばった顔で読み入る。

ジン　どういうことだよ！　ねぇ僕ら必要じゃないってこと？　こんなの有り得ないよっ！
黒川　本番前にうろたえんな！
ジン　だって！　……こんなのあんまりだよ……
黒川　騒いだってどうにもなんねえだろ……
スズ　私もおかしいと思う！　これ、シアターフラッグの公演ですよね？　これじゃまるで千歳の単独ライブですよ！

千歳、パンフレットを手にいたたまれなく縮こまる。
司、そんな千歳をやや気にしつつ。（劇団員たちはまだ千歳を気遣う余裕がない。彼らが千歳を気遣うかどうか気にかけている風情）

黒川　黙れっつってんだよ、キャンキャンうるせえ！
スズ　だってそうじゃないですか！
司　（祐希に）これを作ったのは？（※司は動揺していない。ガキが仕切るイベントなんてこれくらいの手抜かりはあるだろうと端《はな》から期待していないため）
祐希　あ、今、連絡取ったんで……【註42】

と、入って来る実行委員の生徒・遠山。

遠山　失礼しま～す……おう、何だよ。
祐希　何だよじゃねえよ、これ……

遠山　ん？

祐希　今日のパンフレット……

遠山　あぁ、もうできたんだ。……あれ……何だコレ。

祐希　何だコレじゃねえよ……実行委員のお前らが作ったんだろ？

遠山　知らねえって！　俺たちが作ったのと全然違うし。

祐希　どういうことだよ。

遠山　いやマジだって、劇団の人に送ってもらった資料でみんなで作ったんだから。

祐希　作ってどうしたんだよ。

遠山　だから～、作った原稿田沼《たぬま》に渡して、センセー後よろしくって……

祐希　田沼に？

遠山　そうだよ。後はこっちで刷っとくからって……何だよ、すげえ頑張って作ったのに何でこんな……つうか有り得ねえんだけど……

祐希　……誰かが勝手にすり替えたってことか？

祐希、教室を出ていこうとする。

遠山　おい！　どこ行くんだよ！

祐希　ちょっと先生んとこ……一瞬持ち場離れます。すみません。

祐希、教室を出ていく。

遠山　あ、もうすぐ照明の作業終わるらしいんで。舞台また使ってもらって大丈夫っすよ。じゃあ失礼しま〜す……

遠山、出ていく。【註43】

ジン　結局こういうことなんだ……

司　…………

ジン　バカみたいにはしゃぐんじゃなかっただ……

司　…………

ジン　そりゃあ、もちろん千歳の名前が大きいことは分かってるけどさ……僕たちのことだってちょっとは見てもらえてたんだって思ってた……頑張ってきた甲斐《かい》があったねとか……やっと今までの苦労が報われたね、なんて喜んでさ……

巧 ……

ジン 僕たちの芝居が観たいんじゃなくて、ただ千歳が見たいだけなんだよ！　僕らなんかただ千歳の人気にあやかるだけの金魚のフンみたいなもんなんだよ！

黒川 お前いいから黙ってろっ！

黒川、ジンを突き飛ばす。
千歳、辛そうに縮こまる。

黒川 仕方ないだろ、俺たちに力がないってことなんだからよ……

ジン ……

黒川 情けねえけど……認めたくねえけどそれが事実なんだから……俺たち、千歳と違って価値なんかねぇんだから……

千歳 ……！（そんなことない、と言いたいがおためごかしに思われてしまいそうで言えない）

茅原 どうしようか？

巧　…………

茅原　開場まであと一時間半……

巧　…………

茅原　ま、コレはコレでもういいんじゃないかなぁ。

黒川　俺も別にもうそのままでいいよ。

千歳　…………

黒川　作り直すと金も手間もかかるだろうし。それに、わざわざ作り直す時間があるなら、少しでも演出変えたところの稽古してぇしさ……芝居の内容でシアターフラッグに興味もってもらえればいいんだから。

ゆかり　そうやな……ウチも別にそれでええと思うで、なぁ牧《まき》ちゃん。

牧子　いいんじゃない別に。

巧　牧子……

牧子　シアターフラッグは千歳だけじゃないってこと、芝居で見せればいいんだからさ。

翼　はい！　俺も牧子さんの言うとおりだと思いまっす！（※何も考えてない・盲従しているだけという感じをコミカルに。石丸《いしまる》の明るさで場の雰囲気を軽く）

ゆかり　はいはい。……小宮山《こみやま》は？

小宮山　俺はどっちでも……（上の空）

ゆかり　何ぼぉっとしてんねんな！

小宮山　今ゴミのことで容量いっぱいなんだよっ！【註44】

ジン　僕はイヤだ！　せっかくここまで来たんだから、観てくれた人たちにシアターフラッグのことをもっと知ってもらいたいよ！

スズ　私もジンさんと同じです！　確かに千歳のお陰でここに呼んでもらったのかもしれないけど……でも、こんなの嫌です！【註45】

黒川　つっても仕方ねえだろが。割り切れ割り切れ。

牧子　巧は？

巧　……俺は……

ジン　作品のこととか何も書いてないんだよ？　巧が書いたってことも……みんなが何の役を演じてるのかってことも……芝居のことなんか一つも書いてない！千歳さえ見られたらそれでいいって！

巧　悔しいけど……本当のことだしそれは認めるしかないよ……

スズ　巧さ〜ん……

巧　……でも、俺たちより……もっと傷ついてる人がいるから……

　巧、千歳を見て、

千歳　……………

巧　やっぱり千歳の人気は本物だね……

千歳　…………

巧　（読みながら）千歳への想いが溢《あふ》れてきそうだよね。……過去の出演作から羽田千歳の名言集……生い立ちから現在に至るまで……これを読めば、誰もが千歳の魅力に気づかされる……

千歳　…………

巧　本当にファンって有り難いものなんだね……

千歳　…………

巧　別に僻《ひが》んで言ってるんじゃなくて、本当にそう思うんだ。シアターフラッグにはこれほど熱心なファンがついたことがないから……

千歳　…………

巧　だから……千歳が決めて。

千歳　…………
巧　俺たち……本当にどっちだって構わないからさ。
千歳　……私は…………
巧　…………
千歳　作り直してほしいです。
巧　……そう……
千歳　私は今、シアターフラッグの劇団員としてここにいるので。だから、わがままかもしれないけど作り直してほしいです。
巧　これを真剣に書いた千歳のファンの気持ちに応えないことになるけど……本当にそれでもいいの？
千歳　私はここでは声優・羽田千歳じゃなくて、シアターフラッグの羽田千歳なんです。
巧　…………
千歳　声優としての私を応援してくれるのは、本当にありがたいと思います。でも、その気持ちをそのままシアターフラッグに持ち込まれるのは……
巧　…………

千歳 ……すごく困ります。【註46】

巧 …………

千歳 声優としての私にしか興味がないんだったら、シアターフラッグには触らないでほしい。シアターフラッグを観るなら、私が好きになったシアターフラッグをちゃんと観てもらいたいです……

巧 ……分かった。

千歳 すみません……

巧 茅原。

茅原 はい。

巧 もし、これ作り直すとしたら……どれくらい時間かかる？

茅原 三十分ってとこかな？

巧 三十分か……間に合うな。頼んでもいいかな？

茅原 もう作り始めてるよ～。

一同、わぁっと盛り上がる。

巧　じゃあ、それができたら学校のコピー機で刷り直しさせてもらおう。

と、入ってくる田沼と祐希。

祐希　だから説明してくださいって……

田沼　何のことだ。

祐希　だからコレっすよコレ。

祐希、田沼にパンフレットを渡す。

田沼　ん？……コレは？

祐希　全然劇団の紹介になってないんすよ。

田沼　あぁ……確かに……

祐希　確かにって……先生がコピーに回したんですよね？　実行委員の奴らが最後、先生に原稿渡したって言ってましたよ。

田沼　原稿？　……あぁ、だからそれが……これだろ。

祐希　はぁ？
田沼　原稿を机の上に置いといてくれ、と頼んで……置いてあったものをコピー機にかけただけだ。
祐希　だから遠山たちはこんなの書いた覚えないって言ってんですってば。
田沼　そんなことを言われても私は知らんよ。誰かに原稿をすり替えられたのかな？
祐希　誰がそんなことするんすか！
巧　あの……
祐希　え？
巧　大丈夫です、今こっちで作り直してるんで……
田沼　……へ？　作り直す？　つ、作り直すって、今から？（くじけない奴らだな、おい！）
巧　はい。
田沼　時間もないのにそんな……
巧　彼、それでメシ食ってるんで……
茅原　いつも無茶言うクライアントに泣かされてますからねー。これくらいお茶の子さいさいですよ。

田沼　な、るほど……

巧　お願いがあるんですけど。

田沼　何でしょう。

巧　学校のコピー機お借りしてもいいですか？

田沼　ああ、はい……（承諾しかけて）あ！　そういえば！（取ってつけたように）

巧　はい？

田沼　いや、大変残念なことですが……あいにくさっきコピー機が壊れてしまったんだった！

巧　え？

田沼　いやあ、困ったなぁ。残念残念……

劇団員一同　ええー!?

田沼　すぐ修理を呼んでみますが連休中なので対応してくれるかどうか……とにかく確認してきます！

田沼、急いで出ていき、

黒川、パンフレットを手に取ると苦々しくそれを丸めて床に叩《たた》きつける。

黒川　何なんだよ一体！　やることなすこと全部が全部裏目裏目っ！

茅原　手の空いてる奴がコンビニに走ればいいじゃないか、お金のことは仕方ないよ、もう。

小宮山　……ごめん、水差すみたいだけど。ゴミ役、まだ心配だから、もうちょっと稽古の時間増やしてほしい。茅原、けっこうゴミいじる回数多いだろ。

ゆかり　うちも……

茅原　そっか……（やや気落ち）じゃあ……（パソコンをぱたんと閉じる）【註47】

千歳　（唇を嚙んで俯《うつむ》く。それでもやってくれとは言えない）

司　茅原、代われ。【註48】

茅原　え？

司　俺が仕上げてコピーしてくる。お前たちは稽古を続けてろ。

一同　…………

司　プロじゃないから見映えは期待するなよ。でも、プレゼン資料くらいのもんなら何とか……

巧　兄ちゃぁん！（すがりつく）【註49】

司　うるさい！（蹴り離す）珍しく人が手伝ってやるって言ってんだから俺の気が変わらないうちにさっさと稽古に行け！

黒川　おっしゃ――――！　じゃあ俺たちは最高のパフォーマンスを見せつけてやろうぜっ！　おい、巧！

巧　じゃあ、さっきの続きから……五分後に舞台に集合！

劇団員一同　おおおおおおおっ！

全員出て行き、千歳だけ最後に残る。

千歳　……（何か物言いたげ）

司　何？　さっさと行けば。シアターフラッグの羽田千歳を見せつけてやるんだろ。（照れ隠しでそっけなく）

千歳　（力強く頷いて一礼）

千歳も出ていく。

司、肩を落としている祐希に気づく。

司 どうかした？（手を動かしながら）

祐希 あ、いえ……

司 ん？……

祐希 やっぱおかしいっすよ……

司 おかしい？

祐希 絶対誰かが邪魔してますよ。それに……先生も何かヘンだし。

司 変？

祐希 俺、あの先生けっこう好きなんすよ……信念持ってるっていうか……ちょっと暑苦しいけど、いつも生徒と真剣に向き合ってくれるし……

司 …………

祐希 それなのに今日は何か、冷たいっていうか突き放してるっていうか……さっきだって、みんなに全然親身になってくれなくて……

司 まぁ、俺たちは生徒じゃないし大人だからな。君たちとは関わり方が違って当然だよ。（※本当は田沼が怪しいと気づいているが、部外者が教師と生徒の不審を煽《あお》るべきじゃないとはぐらかしている）

祐希　いや、でも、本当にいつもはもうちょっとあったかいっていうか、暑苦しいっていうか……（納得いかない風情）

（※暑苦しいという表現を重ねているのは田沼の教師像の強調。田沼の基本的な属性を説明しようとすると「暑苦しい」が出ちゃう。そういうキャラ）

と、どこからともなくすすり泣くような声が聞こえてくる。

祐希　え？

司　ん？

祐希　いや……何か聞こえません？

司　…………

祐希、ゆっくりと教室を見回しながら泣き声のする場所を探す。

徐々に大きくなる泣き声。

泣き声、舞台下手《しもて》入り口に積まれた段ボールの箱のほうから聞こえてくる。

祐希、ゆっくりとその積まれた段ボールの山に近づいていく。

段ボールの山を一つ一つ崩して行く祐希。
司も一緒に覗き込む。
と、突然段ボールの山の中に現れる田沼絵理《えり》。

祐希 うわっ！

司 うわぁ！

祐希、背中から床に倒れ込む。司もびっくり。【註50】
携帯片手にしゃがんで泣いている田沼絵理。

祐希 君……

絵理 うっ……うっ……

祐希 ……誰？

絵理 うわあああああん……

男二人が呆気《あっけ》に取られている前で、号泣する絵理。

ブリッジ流れ出し

―暗転―

【註39】ゴミの形態模写は役者のセンスに一任された。「お前的なゴミをやってよ」と演出からのとんだ無茶振り。無茶振りしたわりに演出は「うーん、それゴミの感じしないなぁ」などと気軽に駄目出しをしてゆかり役を悩ませていた。本番ではお尻《しり》を振り振り何度も立ったりしゃがんだり。お尻がかわいすぎて観ていてちょっと照れた。

【註40】千歳とゆかりのやり取りのとき、司の台詞はないが、実際は司が「シアターフラッグのおかげなんです」のところで作業の手を止めたり、その後の台詞を聞いてわずかに微笑ましげな表情になったり、細かく演技している。「司」そのものの反応で作者・編集者ともに脱帽。ご贔屓《ひいき》のキャラクターや役者がいる場合は、台詞のない場面も実は密かな見どころらしい。

【註41】ゆかりの突き飛ばしは稽古で膨らんだ部分。脚本を土台にしてこうしたきめ細やかな展開を作ってもらえると作者としては素敵なオマケをもらった気分。オマケ

と呼ぶには豪勢すぎるが。

【註42】初日では電話で呼んだ遠山がいつまで経っても現れないというアクシデントが。脚本を知っている関係者は観客席で凍りついたが、司が祐希に「ちょっと呼んできてくれるかな?」と指示を出してリカバリー。祐希が猛然と教室を飛び出していき、出番に気づいていなかった遠山を引きずってきた。その間は司と茅原が「資料送ったメールの履歴を確認してくれるか?」「はーい」等のやり取りで繋《つな》いで保たせている。後に祐希に訊《き》くと「おかげで『何だよじゃねえよ!』の台詞がめちゃくちゃリアルに言えました」とのこと。遠山のほうは「みんな殺気立ってて教室入ったときめっちゃ恐かったです……」としょぼん。ドンマイ。

【註43】このシーン、遠山は首を傾げながら出ていっており、いかにも「おっかしいなぁ」と言いたげな素振りが伝わる演技だった。

【註44】ここも「思いがけず」ポイント。真面目なシーンの合間にもこうしたわずかな緩和で笑いがこまめに発生するので、作者としてはその笑いが緊迫するシーンまで引きずらないかと心配したが、結果的にはまったくの杞憂《きゆう》。真剣なシーンでは笑いを引きずることなくすぐに観客の緊張が高まり、メリハリの利いた展開が終始続いた。観客にも支えられた舞台だったと言える。

【註45】スズはジンが突き飛ばされてからずっとジンのそばに寄り添っていた。稽古は自分の位置を決めかねて悩んでいたが、演出に「ジンはこの場でお前と同じ意見のたった一人の味方なんだから」と言われてジンにくっついていることに決めたらしい。だが「ジンのほうはお前のことを味方だとは全然思ってないけどな」と突っ放されていた。「めんどくせえ奴がくっついてきちゃったなって思われてる」とまで言われてしょんぼりする一幕も。

【註46】最初の台詞は「迷惑です」だったが、千歳が「確かにこういうことをされると困るけど迷惑だとは言いたくない」と強く主張し「困ります」となった。役者からファンへの思いの強さと愛情が窺える。

【註47】脚本にはないが、本番では途中から茅原が「すまない」と呟《つぶや》くようになった。茅原として舞台に立っていたら自然と漏れるようになった、とのこと。

【註48】お兄ちゃん登場！　の見せ場だが、稽古では茅原が閉じたパソコンを上手く開けられず苦労する場面が。ちなみに茅原は最初はパソコンを閉じない演技だった。演出からちゃんと閉じるように指示され「いや、何か司さんが苦労してるから完全に閉じないようにしてたんですけど……司さんなのにちょっとカッコ悪くなっちゃってたんで」と司を気遣っていたことが判明。本番では司もスムーズに開閉できるように

なった。こういうのを専門用語でギャップ萌《も》えという。

【註49】稽古で巧が司にすがりつこうとしたところ、息が合わずお互いたたらを踏む一幕も。司が「ここ、危ないからちゃんと殺陣《たて》をつけてからやりましょう」と提案。殺陣というものは喧嘩《けんか》や捕り物のシーンだけでなく、こういう些細《ささい》な動きでも必要なときは必要らしい。

【註50】稽古のときには司も一緒にびっくりするパターンが試された。その際、司は「うわ――――ッびっくりしたこら吊《つる》すぞてめえ！」とオーバーアクション。原作の「吊すぞ」の口癖《くちぐせ》を繰り出し「伝家《でんか》の宝刀《ほうとう》出ちゃいましたね」と周囲の笑いを誘っていた。

「第5景」

—明転—

向かい合って座っている祐希《ゆうき》と絵理《えり》。【註51】
司《つかさ》は作り直したパンフレットを一人折る作業をしている。
重い時間が過ぎていく中、校内放送が流れる。

生徒の声 生徒の皆さんにお知らせします。本日十四時より、講堂にて劇団シアターフラッグによるお芝居『掃《は》きだめトレジャー』が上演されます。十三時半より客席に誘導いたしますので……お時間のお間違いのないよう、ご注意くださいませ……

祐希、ちらっと司を見る。(※よその人だけど頼りになりそうだし、助けてくれないかな〜)

司、視線を受けるが手を出さない。（※微妙な年頃の女生徒なので、同年代の祐希のほうが話しやすいのではという判断。部外者でもあるので立ち会っているという程度のスタンスを保っている）

祐希　……何か喋《しゃべ》ってもらえないかなぁ……

絵理　…………

祐希　とりあえず……劇団の人に説明しないとさ……

絵理　……う……う……

祐希　ちょ、これ以上泣くの反則！【註52】

絵理　……ごめんなさい……

祐希　俺に謝られても……

祐希、埒《らち》があかないといった感じで頭を掻《か》くと、作業している司に、

祐希　俺ちょっと行ってきますわ……

司　どこに？

祐希　いや、とりあえず田沼《たぬま》先生のところ……何かあったら呼んでくれって言われてたんで……

絵理　やめて！（すがるように）

祐希　え？

絵理　どうかそれだけは……

祐希　いやそういうワケにいかないっしょ……何も喋ってくれないし……

絵理　お父さんなんです。

祐希　……え？

絵理　私、田沼清一郎《せいいちろう》の娘なんです……

祐希　田沼せいいち……え？　田沼先生？

絵理　本当に……すみませんでした！

祐希　ちょ、待って……え？　何で先生の娘さんがこんなとこにいンの？

絵理　私がお父さんに無理言って……お願いして……

祐希　お願いって？

絵理　私、ずっとずっと羽田千歳《はねだちとせ》さんのファンで、羽田さんに憧《あこが》れてて……そしたら、お父さんの学校に羽田さんが来ることになって。それで、お父さんに羽田さんの稽古《けいこ》を見せてほしいって頼んだんです。私も将来声優になりたいから、尊敬する羽田さんの稽古を見て勉強したいって。でもお父さん、部外者は入れないからって全然聞いてくれなくて……

絵理 ……………

祐希 お父さん、自分の娘だからって特別扱いとかそういうの絶対しないし……私が声優になりたいって言ったときも、そんな甘い世界じゃないんだって反対してたから、羽田さんを見るのも諦《あきら》めかけてたんだけど……

絵理 ……………

祐希 それでもしつこく粘《ねば》ってたら、そんなに見たいなら羽田さんについてレポートを書いてお父さんに見せなさいって。それでレポートを書いたら、私の熱意に打たれたって言って、そんなに羽田さんの稽古が見たいなら見せてやるって。だけどルール違反だから堂々と見せてやることはできないぞって……

絵理 ……んであんなところにこそこそ隠れて覗《のぞ》き見《み》して……あっそうか！　だから先生、ここの会話とか聞いてもないのに内情が分かったんだ！　こっちで何かあるたびに君が先生にセッセとメールして……

祐希 劇団の人たちがここに来てちょっとしてから、お父さんがメールしてきて……

祐希　劇団の人が何だか大変そうだから、みなさんが話してる内容を全部お父さんに報告しなさいって……劇団の人は学校に遠慮して困ったことがあっても言ってこないかもしれないからって……きっと君からのその報告を聞いて、こっちの動きに合わせて次々と妨害してたんだ……

絵理　お父さんがそんなことをしたなんて信じたくないけど……でも、それしか考えられないですよね……ごめんなさい、私が妨害を手助けしちゃった……

祐希　ホントだよ。実行委員やってる俺の友達だってそこそこ頑張ってんのに台無しだよ。ていうかさぁ、こんな中で覗き見してろって時点で何かおかしいなって思わない？　そもそも、ここで稽古するわけじゃないんだぜ。

絵理　……お父さんもルール違反してるから、こういう形でしか見せられないのかなって。それに羽田さんを近くで見られるなら、稽古じゃなくてもいいかなって……

祐希、ふと、床に目をやる。
黒川《くろかわ》が床に叩《たた》きつけたままほったらかされていたパンフレットが落ちている。

祐希　……先生に渡したレポートって……

　祐希、床のパンフレットを拾う。

絵理　もしかしてこれ？

祐希　（大きく頷き）お父さんが、よく書けてたから今日のパンフレットで使わせてもらうって……私、羽田さんに喜んでほしくて書いたのに……それなのに……それが羽田さんに迷惑がられちゃって……

絵理　まぁ、劇団のパンフにこれはないよ。

祐希　せっかく本物の羽田さんを見られたのに嫌われるなんて……

司　……さっきから聞いてると、憧れの人が『見たかった』んだな君は。【註53】

絵理　え？

司　本当に好きなら『会いたかった』になるんじゃないのか。生身の人間つかまえて『見たい』って感覚は俺には理解できないな。動物園のパンダじゃあるまいし。

絵理　！（引っぱたかれたような表情）

司　君にとっての羽田さんって何なんだ。

絵理　…………（うなだれる）

と、稽古を終えて教室に戻って来る劇団員たち。

巧　じゃあみんな、新しく演出つけたところ、確認しといてね。

黒川　おいゴミ！　札束のタイミングずれるんじゃねえぞ！（ウキウキと）

小宮山　ゴミ様と言ってくれるかな。（小宮山《こみやま》もちょい調子に乗っている）

茅原　やっぱりゴミのほうがおいしい……（物欲しそうに。そして司に気づいて）あ、司さん、どうですか？

司　急ごしらえだけど……まあ一応は。

翼　あっ！　できたんですか？　さっすがぁ！

スズ　千歳！　ほら新しいのできてるよ！

黒川　ほらほら、お前らも折るの手伝えよ。司さん交代……

祐希　あの！

と、一同静まって（誰、それ）と怪訝《けげん》な様子。
祐希、絵理を促して前に出す。

絵理 皆さん……本当にすみませんでした……

巧 どうしたの？

ジン 誰、これ。

祐希 いや、何かこの子、田沼先生の娘さんらしいんすけど……ずっとあの段ボールの中に隠れてて。

巧 え？

ゆかり は？ 何でそんなことしたん？

祐希 羽田さんのファンらしくて。どうしても羽田さんに会いたいって先生に頼んだんだけど、部外者を表立って校内に入れることはできないからって……さっきのパンフレットも彼女が羽田さんについて書いた個人的なレポートを田沼先生が使っちゃったみたいです。

一同ざわつく。

祐希 ここの会話とかも全部先生にメールで報告してたって。だから、もしかしたら今までの妨害も全部田沼先生のやったことじゃないかって……

黒川 何でそんなこと……

絵理 ごめんなさい……私、声優になりたくて、羽田さんに憧れてたんです。だから羽田さんのこと見……（ちらっと司を見て）会いたかっただけで、こんなふうに皆さんに迷惑がかかるなんて……【註54】

巧 何で？ 何でお父さんは妨害なんて……

絵理 分かりません……

一同、うーんと悩む。

絵理 でも……あまり演劇を快くは思ってないのかもしれません……

巧 え？

絵理 嫌いなんです。私のお父さん……昔っからそういう派手な職業……。私が声優になりたいって言ってるのも反対してるし。

巧　……どうして。

絵理　さぁ、それは……とにかく本当にすみませんでした！

絵理、深々と礼をする。

千歳、そんな絵理を見て、無言。

千歳　…………

絵理　……本当に……本当にごめんなさい。

千歳　…………

絵理　……本当に…………

千歳　……いくら好きでも、身勝手に愛そうとしたら、こんなふうにいろんな人を傷つけるってこと……一生忘れないで。

絵理　…………

千歳　そして、あなたがもし私と同じ声優になったら……あなた自身がこんなふうに自分勝手に愛されそうになったら……その愛し方は間違ってるよって、教えてあげて……

絵理　……（深く、綺麗《きれい》に頭を下げる）ありがとうございましたっ！
千歳　…………（届いたことに張り詰めていた気持ちがほっと緩む）
黒川　でもアレだよな。純粋なファンの気持ちを利用するなんてやり方が汚いよな！
ジン　当然だよ！　許せないよ！
牧子　芝居の本番中に何か仕掛けてきたらただじゃおかないから！
黒川　その芝居を妨害するためにいろんなことしてきたんだぞ？　本番だって何してくるか……
ゆかり　もうからくりもバレたんやし、これ以上は何もでけへんやろ。娘さんの協力もなくなったわけやし。
小宮山　でも、黒川の心配にも一理あるような気がするなぁ……ここまで手の込んだことをしておいて簡単に引き下がるとは思えないよ。
黒川　だろ？
翼　じゃあ、すぐここに呼んで問いただしましょうよ！　もうネタは割れてんだぞ、変なことしたらただじゃおかないぞって！
巧　でも……下手に話をこじらせたら、公演を中止にされたりしないかなぁ。

茅原　まぁ、向こうは主催者だしねぇ。

絵理　あの……

巧　え？

絵理　お父さん、まだ諦めてないと思うんです。皆さんの公演を邪魔することを……

巧　どうしてそう思うの？

絵理　初志貫徹っていうのがお父さんの口癖《くちぐせ》で……それにメールでさっきからずっと羽田さんのことを私に聞いてきてて……今羽田さんはどこにいるんだ、何してるんだって……【註55】

黒川　ほーら見ろ！　やっぱり何か企んでるんだ！

巧　どうしてそんなに俺たちの芝居を妨害したいんだろう……

絵理　私……今からお父さんのところに行ってきます。

巧　行ってどうするの？

絵理　止めさせます……

巧　………

絵理　それに……（祐希を見て）彼が、お父さんのこと「けっこう好き」って言ってくれてたのに……これ以上がっかりさせたくないんです。

祐希　（言うなよそんなこと、とちょっとむくれる。皆の前で言われて決まり悪い）
茅原　でも、娘さんにスパイをさせてまで僕らを妨害しようとしてたのに、やめてって言って素直に聞くかなぁ。
黒川　だよなぁ……
小宮山　あっ、じゃあ証拠を摑《つか》んじゃおうよ。邪魔しようとしてる現場を押さえたらさすがに言い逃れできないよ。
牧子　千歳の動きを気にしてるんなら、千歳を一人にしとけば動くんじゃないかしら。娘さんに千歳が一人で部屋にいるって偽の情報をメールしてもらって……
スズ　でも……（絵理をチラっと見て）娘さんがお父さんを罠《わな》にかけるみたいなことになっちゃう……
ゆかり　あ、そか……親子関係にヒビ入りそうやな。
巧　それはちょっと……俺たちのためにそんなことになったら申し訳ないよ。
祐希　俺、ひとっ走り呼んできましょうか。羽田さんが今一人ですよって。
ゆかり　いや、脈絡ないやん。祐希くん聞かれてないんやし。

黙って聞いていた絵理、決然と顔を上げる。

絵理　私がメールで呼びます。……私も、お父さんがどうしてこんなことしたのか、
ちゃんとお父さんの口から聞きたいです。

絵理、メールを打ちはじめ、一同見守る。

ブリッジ流れ出し

—暗転—

【註51】制服姿の絵理、最初は素足に白いソックスという出で立ちだった。黒タイツかストッキングを穿《は》かせる予定だったが、絵理が「私が高校生のときはそんなの穿かなかった、リアルじゃない」と主張したため。しかし、舞台稽古のときに舞台監督が「駄目。僕がおっさんなせいかもしれないけど、何か足が生々しくて気が散る。前のほうの席にいる男のお客さんは絶対気になると思う」とNGが出て黒タイツに。舞台ではリアルより虚構が大事なときもある、というお話（ちょっと違うか？）。

【註52】このシーンの稽古、当初は祐希から絵理へのスキンシップが多かった（慰めたりせっついたりで肩や腕を叩くなど）。文藝春秋の『三匹のおっさん』担当編集者と作者により「祐希は初対面の女の子にはあまりベタベタ触らない」とNGを入れ、スキンシップをセーブしてもらったいきさつがある。

【註53】ここまで司はまったく会話に加わらないが、絵理から「見る」という言葉が出るたび小さく反応している。司の主要な動作は「電卓を叩く」「ノートをつける」「紙を塗ったり折ったり」の三パターンしかなかったが、その中でこれほど印象的な演技ができるのか、と関係者全員が舌を巻いた。

【註54】台本を刷った段階では、この場面で絵理が「声優になりたい」と語る台詞がなかった。結果、絵理の告白に立ち会っておらず、絵理の声優志望を知っているはずのない千歳が「あなたが声優になったら……」と諭す矛盾が発生。
急な脚本引き継ぎで、作者・編集者も含め関係者全員が完全に見落とし。たまたまこの場面の稽古に立ち会っていた作者が気づき、あわててその場で辻褄《つじつま》が合うように台詞を訂正した。
「専門の校正を入れない恐さっていうのがこれなんですよね～」と現場に立ち会っていた編集者も冷や汗。何度も修正やチェックを入れているうち、各要素の前後関係が混乱してしまい、関係者が全員それを見落とすということは、校正を入れない場合は発生しがち。

それにしても、このシーンの稽古に作者が立ち会っていなかったらどうなっていたのかと思うと恐ろしい。時間に余裕のないプロジェクトは失敗の元である。

【註55】「初志貫徹」で「ここまでウケるか⁉」と愕然《がくぜん》とするほどに観客が沸いた。つくづく生身の舞台の反応は読めない。

「第6景」

—明転—

本番一時間前。
教室に一人残る千歳《ちとせ》。仕事用の台本を読んでいる。
ややあって廊下の窓を人影が通り、中を窺《うかが》う。【註56】
やがて教室に入って来る田沼《たぬま》。

千歳　（会釈して）
田沼　他の皆さんは？
千歳　あ、今……会場の方に……
田沼　そうですか……
千歳　何か？
田沼　いや……ちょうど羽田《はねだ》さんに用事があってね。

千歳 私ですか？
田沼 今……学校宛てに君のマネージャーさんから電話があってね……
千歳 え？
田沼 何でも、明日の朝早くから大切なオーディションがあるんだって？
千歳 あ……ええ……
田沼 君の話は聞いているよ……人気の声優さんなんだってね。
千歳 実は私の娘も君の大ファンなんだ。
千歳 嬉《うれ》しいです……あの、それでマネージャーが何て？
田沼 君を説得してほしいと……
千歳 説得？
田沼 そう……説得だ。
千歳 ………………
田沼 もちろん、私としても立場上、劇団の公演を全うしてほしいと願ってはいるが……そのせいで君の声優としてのチャンスをムダにさせるわけにはいかない。
千歳 どういう意味です？
田沼 今ならまだ間に合う。君は今すぐ東京に戻りなさい。

千歳　マネージャーさんも今日の疲れが明日に影響しないか心配しているんだろう？
田沼　……………
千歳　東京に戻って大事なオーディションの準備に専念してほしい。
田沼　……………
千歳　本当の仲間ならきっとわかってくれる。もちろんこっちのことは心配しなくていい。学校にも責任を持って私が説明する……
田沼　……できません。ここまで来て公演に穴を開けるなんて。
千歳　何故！　私には分からないよ……どうして君みたいに有名で実力のある人間が、こんな小さな劇団にこだわるのか……君は君の道をまっすぐ進んでいればいいんだ！　自分が大変な思いをしてまでこんなちっぽけな劇団に付き合う必要がどこにある！
田沼　……………
千歳　君が今大切にすべきものは、劇団なんかじゃないはずだ！　劇団なんて無駄に夢を貪り食うだけの幻想に過ぎないんだよ！
田沼　あの……
千歳　ん？

千歳 マネージャーの名前は何と言いましたか？
田沼 えっ……
千歳 マネージャー、電話で名乗ったはずですよね。
田沼 も、もちろん……
千歳 私のマネージャーは、名前は何と言いましたか？
田沼 それはその……いや、最近年のせいか耳が遠くなってね。あまりよく聞き取れなかったんだ。
千歳 じゃあ、男性でしたか？　女性でしたか？
田沼 んっ……（たじたじ）
千歳 電話の相手が男性の声だったか女性の声だったかくらいは分かるでしょう？
田沼 それは……男といえば男のような女といえば女のような、はたまた男のような女かもしれないし女のような男かもしれないし……（うにゃうにゃごまかす）
千歳 （携帯電話を取り出して）はっきりしないようなので、今からマネージャーに電話して確かめてもいいですか？　マネージャーは心配はしてくれましたけど、公演をすっぽかして帰ってこいとは言いませんでした！
田沼 いや、それはそのっ……きっと後で気が変わったんじゃ……

千歳　電話なんてかかってきてないんですよね？

田沼　…………

千歳　どうして私たちの公演を邪魔しようとするんですか!?

田沼　…………

千歳　シアターフラッグはちっぽけなんかじゃない！　私は確かに名前があるけど、私、持ってないものたくさんあるんです！　シアターフラッグのみんなは私の持ってないものをたくさん持ってるんです！　私、一方的に我慢しながらここにいるわけじゃありませんッ！【註57】

巧《たくみ》を先頭にして入って来る劇団員たち。【註58】

おろおろうろたえる田沼。

巧　どうぞ、入って。

最後に絵理《えり》が入ってくる。田沼、固まる。

田沼 え……絵理……

司 娘さんが全部話してくれました。

田沼、がくりと力なくうなだれる。

司 娘さんを傷つけ、生徒さんを裏切ってまで、どうしてこんなことをしたのか……訳を聞かせてもらえませんか。

田沼 ……………

田沼、意を決したように一つ息を入れ、

田沼 話したところで君たちには理解できないよ……

巧 そんなの、聞いてみないと分からないじゃないですか。

田沼 大切なものを守りたい……ただそれだけだ……

巧 どういうことですか。何で俺たちの芝居を邪魔することが大切なものを守ることになるんですか。

田沼、巧を見つめる。眩《まぶ》しそうでもあり、哀れむようでもある。

田沼 失うものを顧みず、夢に打ち込む無謀な若さを私もかつて持っていたよ。実は、私も若い頃に演劇をやっていてね……

一同、意外性にざわめく。

田沼 気の合う友人と立ち上げた劇団で、今の君たちと同じように演劇に打ち込んでいたんだ。楽しかったよ……まるで、終わりのない文化祭のような毎日だった……だが、楽しいだけで人は生きていかれない。バイトした金で公演を打ち、公演が終わればまた次の公演のためにバイト……こんな生活を一生続けていくのか？　若いうちはいい、だが将来はどうなる？　厳しい現実が、楽しい夢に冷たい水を浴びせかけるんだ。そうして夢から覚めた者が一人、また一人劇団を去っていく……残念ながら、私たちは誰も芝居で身を立てられるほどの才能はなかった……夢を現実にできる者など誰一人……

一同 ………

田沼 しかし、私はかなりしぶとく叶わぬ夢にしがみついていたほうだと思うよ……何しろ、娘ができてもまだずるずると芝居を続けていたんだから……（絵理を見やる）

絵理 ………

田沼 結婚したり子供ができたりして劇団を辞めた仲間たちに、意地を張っていたのかもしれない。結婚したって、子供ができたって自分の夢は追いかけられる、と……

絵理 ………

田沼 妻もそんな私を応援してくれた。しかし、ある日……妻が過労で倒れた。

絵理 ！

田沼 （絵理に）覚えてないだろうな、お前がまだ小さい頃だったから。すぐに入院させなくてはならなかったのに、バカな亭主が演劇にのめり込んでいたせいで、我が家には蓄えがろくになかったんだ……お母さんの実家が入院費用を貸してくれたが、こっぴどく詰《なじ》られたよ……売れない役者に尽くして死なせるために娘を嫁に出したわけじゃない、とね。返す言葉もなかったよ……

絵理 …………

田沼 そして、入院したお母さんの代わりにお前の面倒を見ることになって打ちのめされたよ。ミルクを飲ませようにも哺乳瓶がどこに置いてあるのか分からない。おむつを替えようにもおむつがどこにしまってあるのか……

絵理 …………

田沼 子供ができたって自分の夢は追いかけられる？（鼻で笑って）妻に全てを押しつけて自分は遊び呆《ほう》けていただけだ。妻が入院してから三日で劇団を辞めたよ……才能もないくせに演劇にかまけてうっかり大切なものを失うところだった……

絵理 ……お父さん…………

田沼 実はその頃、私と同じくらい才能がないのに演劇を諦《あきら》めきれない男が同じ劇団にいてね。私の親友だったんだが……私より先に結婚して二人も子供ができていたのに演劇を辞められず、結局離婚してしまった……。私はその親友に詰め寄った。もう潮時だ、お前もこの機会に演劇をやめろ、と。憎み合って別れたわけじゃない、奥さんだってお前が頭を下げればよりを戻してくれる、と……才能もないのに家族を犠牲にして演劇に打ち込むなんて、我々はとんだ大馬鹿者だったよ。だが、そいつは才能のなさは私と同じくらいのくせに演劇が好きという気持ちは私以上に強かったんだ。結局、私は彼を説得することができなかった……後にその男は、家族の元へ戻ることもなく貧乏暮らしで体を壊して死んでしまった……

司・巧　(察する)

田沼　そう、それが君たちのお父さんだ……

司・巧　…………

田沼　私があのとき、ちゃんと説得して演劇を辞めさせていれば……君たちの元へ彼を帰していれば……彼がたった一人で寂しく死ぬこともなかった……

司　じゃあ……公演を妨害していたのは……

田沼　君は真っ当な職に就いて立派な社会人になったようだが……(巧を見て)君をお父さんの二の舞にするわけにはいかん。公演が失敗して大恥をかけば、演劇に嫌気が差すきっかけになるんじゃないかと……。それに……自分の生徒にも演劇に興味を持ってほしくなかったんだ。

祐希《ゆうき》、ぴくりと反応する。

田沼　文化イベントで演劇祭をやると聞いて、私は断固反対した……目の前で生身で演じられる芝居にはたいへんな熱とパワーがあることを、私は誰よりも知っている……演劇に親しむ機会がなかった生徒たちが初めて観た芝居に惚《ほ》れ込《こ》み、自分も演劇の道に進むなどと言い出したらどうなる？　役者で食っていける者などほんの一握りだ。ほとんどの者は夢破れて傷つき、若い貴重な時間を無駄にすることになる……私は自分の生徒たちをそんな目に遭わせるのはまっぴらだ！　あまつさえ、私の親友のように体を壊して死んでしまったら……！

祐希　……センセ、（思われていることは分かるが納得できない、もどかしい）

田沼　だが、このイベントは生徒の自主性を育てることが目的だ。生徒たちが自分で決めたことに反対すべきじゃないと周りに諭され、私はそれを受け入れるしかなかった……しかし（決然と顔を上げる）やってきたのが君たちだった以上、見過ごすことはできない！

巧　…………

田沼　愛する生徒、昔救うことができなかった親友の息子、そして声優なんて不安定な職業に憧《あこが》れている娘……私の守るべきものが三つも揃《そろ》ったんだ！　今度こそ全て守ってみせる！ そのためにはこの公演が大失敗に終わってくれなくては困るんだ！ 生徒たちやうちの娘が演じる世界に興味をなくすほど、そして君たち自身が演劇に嫌気が差すほど醜態をさらしてくれないと……

静まり返る一同。
巧、困ったように司《つかさ》を見やる。司、無言。
やがて絵理が父に一歩踏み出し、

絵理 ……お父さん。
田沼 …………
絵理 お父さんが私のこと心配してくれてるの、すごくよく分かった……
田沼 …………
絵理 私、声優になりたいって、羽田さんに憧れて安易に言ってただけだった。でも、今日からもっと真剣に考える。自分の将来のこと……
田沼 ……お前が考える必要なんてない……お父さんは、芸能の世界が厳しいことを知ってるんだ。だからお前をそんな道には進ませない！

司　田沼さん。

田沼　………

司　俺はあなたの生徒さんや娘さんをとても羨《うらや》ましく思います。こんなに生徒のことを心配してくれる先生なんて滅多にいないし、俺たちの親父はあなたと違って、妻や子供のことなど顧みてはくれなかった……自分のやりたいことだけに人生を使い果たして死んでしまった……

田沼　………

司　ですが、最初から選択肢を取り上げてしまうことが真の教育と言えるでしょうか。火は危ないからと子供からマッチを取り上げていたら子供はいつマッチの使い方を覚えます？　いつまでもあなたが子供たちの代わりにマッチを擦《す》ってやるわけにはいかないんです。

田沼　君は……平気なのか？　たった一人の弟が、こんな年まで演劇なんて不安定な道を進んでいることが……

司　あなたと同じですよ、平気なわけないじゃないですか。だけど、人間には何かを諦めるために必要な条件があるんです。

田沼　それは……？

司 あなたも経験したはずですよ。全力を尽くして、力及ばず折れることです。

田沼 ！

司 あなたが演劇からすっぱり身を退けたのは、あなた自身が全力で演劇に取り組んで、自分の力が足りないことを思い知ったからじゃないですか？

田沼 …………

司 きっと、うちの父はそれができなかったんです……全力を出して砕け散ることが恐くて、全力を出さずに「まだ本気を出してないから」とごまかし続けてた……だからあなたの説得も届かなかったんです。父はあなたよりも演劇への情熱があったわけじゃない。あなたより臆病だったんです。全力を出して折れることを恐れたんです。そして、全力を出さない者は夢を諦めることさえできない……。違いますか？

田沼 ……そうか。彼は……寂しがりやで恐がりな男だったな……

司 …………

田沼 （巧を見やり）君たちは……全力を出しきっているのか!?【註59】

巧 （まっすぐ田沼を見つめ）それは、俺たちの舞台を観て判断してください。

突然、冨田《とみた》が息せき切って駆け込んでくる。
両手に持てるだけゴミ袋を提げている。

冨田　間に合いましたぁっ！

全員きょとん。

冨田　ほら、探しておきますって言ってた小道具のゴミ！　あれから車で市内を走り回ってかき集めてきたんです！　まだまだありますよぉっ！　軽トラの荷台に満載ですからっ！

一同吹き出す。

冨田　ゴミ、ご入り用でしたもんねぇ！
巧　（笑いながら）すみません、もういらなくなっちゃって……
冨田　またまたァ！　（田沼に）センセ、こいつ超おもしろい。

田沼　……たいへん申し訳ないが、処分しておいてもらえますか？
冨田　えっ……!?
　冨田、黒川にゴミ袋を押しつけられて「ちくしょ――――！」と退場。
　劇団員「悪いことしちゃったなぁ」などと見送る。【註60】
　と、城田《しろた》と竹中《たけなか》が教室に入って来て、
竹中　あっ！　すみません本当にバタバタしちゃって遅れちゃって！
城田　皆さん、そろそろ会場に入ってもらってもいいすか？
黒川　おしっ！　ほんじゃいっちょ気合い入れていくか！　行くぞみんな！
ジン　カッコつけちゃってぇ。
翼　行きましょう、牧子《まきこ》さんっ！　全力を尽くして砕け散り、二人で美しい星になりしょう！（牧子の手を取る）
牧子　（その手を離してツーン）一人で砕け散って。
スズ　よぉ～し、高校生たちを大人の女の魅力でメロメロにしちゃうぞ～！
茅原　そんな速攻で砕け散る目標を設定しなくても……

城田と竹中の後について教室を出て行く劇団員たち。
と、小宮山《こみやま》、田沼に近づき

小宮山　あの……ありがとうございました。
田沼　（怪訝《けげん》な顔）ん？
小宮山　いや、俺たち、今回役がついてなかったんですけど……あなたがゴミを処分してくれたおかげで、図らずも役がもらえたんで。【註61】
ゆかり　へへっ。うちらにとっては怪我《けが》の功名や。
田沼　…………（苦笑。お人好しな、と呆《あき》れている）
巧　それじゃ行ってきます！

巧も出て行き
千歳、絵理に近づいて

千歳　良かったら、本番も観てくれる？
絵理　え？
千歳　声優の羽田千歳だけじゃなくて、次はシアターフラッグの羽田千歳のファンになってもらいたいから……

千歳、深々と礼をする。
祐希、千歳を送り出す。

祐希　先生

田沼、祐希を振り返ると

祐希　先行ってます。【註62】
田沼　あぁ……

祐希、出ていく。

残される司と田沼。そして絵理。

絵理　色々とすみませんでした……

司　（黙って首を横に振る）

絵理　やっぱり……本番観ちゃ駄目だよね……

田沼　…………

絵理　ごめん、これ以上ワガママ言わない……私、ここの生徒じゃないもんね。それじゃお父さん……先帰るね……

絵理、帰ろうとする。

田沼　たまには一緒に帰らないか……

絵理　…………

田沼　お前に伝えておきたい事が父さんにはまだまだ沢山あるんだ……

絵理　……うん。

田沼　じゃあ父さんが帰れるまで待ってなさい……

絵理 はいはい。

絵理、近くにある椅子《いす》を引いて座ろうとする。

田沼 ここじゃない。

絵理 ？

田沼 そうだなぁ……できるだけ人が多くて紛れやすいところは、と……そうだ！ 講堂だな。【註63】

絵理 うんっ！

絵理、司に「イェイッ」とWピースで出ていく。

と、司、領収書を田沼に差し出し、

司 これ、追加で経費落ちますかね？ 五千円……【註64】

田沼 ？

司 手違いでミスプリントしてたパンフレットをコンビニでコピーし直した分です。

田沼　折悪しく、学校のコピー機が故障中だったので。
司　……ああ。すまなかったね……
田沼　どういたしまして。それからこっちはちょっと相談なんですけど……（もう一枚領収書）
司　これは？
田沼　えー……（ちょっと決まり悪い）ここに到着したとき、打ち合わせというか親睦会というか……七千円ほど飲食代が発生しまして……奴らの芝居に満足いったら経費で落としてもらうってわけにはいきませんか？
司　（笑って受け取る）預かっとこう。ただし、つまらなかったら突っ返すぞ。
田沼　ありがとうございます。（いたずらっぽくニヤリ）
司　それじゃあ、彼らの全力を見せてもらうとするかな……君の目から見て、彼らはどうだね？
田沼　まだまだ未熟ですが……（出口のほうを窺《うかが》い、内緒の口調で）転ぶときは大怪我しそうな勢いで走ってるとは思います。
司　（楽しそうに）そうか。赤チンを用意しておいてやりたまえ。
田沼　傷口に塩をすり込んでやりますよ、二度と同じ道を走りたいなんて言わなくなるようにね。

田沼 強がりだな。

司と田沼、顔を見合わせ、

音楽ボリュームを上げて行き、

―暗転―

【註56】田沼が非常にコミカルに膨らませ、ＢＧＭにピンクパンサーがほしいような状態に。

【註57】千歳の台詞は訴えかけるイメージで書いていたが、稽古が進み本番に入ると、驚くほど千歳が激昂《げっこう》するようになった。田沼にかまをかけるところからすでに怒りが滲《にじ》んでおり、詰問調《きつもんちょう》に。千歳としてはどうしても許せない策略だったらしい。完全に千歳の心情に入ったうえでの演技である以上、千歳の激しさが正解である。脚本集の出版に当たっては千歳の台詞を強い口調に書き直した。単独作業である小説の執筆は作者が書いたことが唯一の正解だが、共同作業である演劇は役者が正解を出してくることもある、と学ばせてもらった。

【註58】劇団員側は茅原《かやはら》がビデオカメラを回しながら登場。自白の様子を録画する気満々でハンディカメラを向けていたが、田沼の独白が進むうちにいつのまにかカメラを下ろしている。話を聞いているうちに「まあいっか」と許してやる気になったらしい。このように、台詞のない場面でも各キャラが「そのキャラらしい」役作りを追求してそれぞれに演技しているのが面白い。

【註59】最初は「君たちは全力を出しているのか!」だった。稽古で熱の入った田沼が「出しきっているのか⁉」と叫び、そのほうが格段に迫力があって素晴らしかったため、立ち会っていた作者がその場で「台詞、そちらに替えましょう」と変更した。

【註60】この辺りのコミカルな流れは稽古で膨らんだ。また「こいつ超おもしろい」は本番初日のアドリブだったが、いい味が出ていたのでその後も採用された。冨田の熱演が光るシーンとなった。

【註61】作者的にはほっこりとしたいいシーンのつもり……だったが、「ゴミを処分してくれたおかげで」のくだりで例外なく観客が爆笑。あれー?

【註62】こうした何気ない台詞でも役者が解釈を相談してくることがある。サジェスチョンした結果、この場面では「先生のちょっと情けないところを知ってしまったが、

大人でもこういうことがあるんだな、と納得し『二人だけの秘密にしといてやるよ』と少し大人ぶっている感じ」という解釈。たった一言にもこれだけの解釈が籠《こ》められている。

【註63】ここも親子の素敵なほっこりシーンのつもりで書いたのに笑いが。おやー？

【註64】そして、作者的に最大の予想外がここ。大人同士で落とし前をつける機微に溢《あふ》れたカッコいいやり取りのつもりだったのに、全編最大級の爆笑が炸裂。何故だ⁉ 舞台の反応は本当に読めない。ここは小説だったら絶対にカッコいい場面のはずである。

しかし、読めないだけにおもしろい。この経験を経て、作者は演劇の魅力に今さら取《と》り憑《つ》かれつつある。

「第7景」【註65】

―明転―

大きめの黒布を貼り合わせただけの簡素な衣装を頭からすっぽり被り、顔だけ出しているゴミ役のゆかりと小宮山《こみやま》。

胸元には中にものを入れられるように切り込みが入っている。

小宮山はへたりと床に突っ伏し、ゆかりはやや奥の方で膝《ひざ》を抱えて天井をぼんやりと見ている。

引っ越し屋のスガワラ演じる牧子《まきこ》が小宮山の首根っこを摑《つか》み、ゴミを拾って小宮山の切り口に投げ込むマイム。

牧子　ちょっと外の様子見てきますね……

レイカの他に誰もいなくなった部屋。

と、レイカ演じる千歳《ちとせ》が自分の鞄《かばん》を開け、札束を掴むと、

千歳　こんなお金…………！

千歳、札束を床に叩《たた》き付《つ》ける。無造作に床に散らばる五つの札束。
小宮山とゆかり、あまりにそのシチュエーションにそぐわない札束の登場に驚き、

小宮山　（えーっ！）
ゆかり　（ひえっ！）
小宮山　（さ、札束？）
ゆかり　（何で？　何で？）

と、千歳、我に返ってその札束を拾い上げ、小宮山を見る。

小宮山　（何か見てるけど）
ゆかり　（ちょ、嘘《うそ》やろ）

千歳、小宮山に近づくと、その札束をおもむろに小宮山の中に入れ込む。
そして何事もなかったかのように、小宮山たちに背を向けて部屋の片付けを始める。

小宮山　（何で入れるかなぁ）
ゆかり　（それゴミちゃうで！）

小宮山、中から札束を取り出す。

小宮山　（どうする？　これやばいって、持ってちゃマズいって！）
ゆかり　（知るかそんなもん！）
小宮山　（よろしく）

小宮山、札束をゆかりに投げる。
ゆかり、思わずそれをキャッチして、

ゆかり （何投げとんねん！　お前が責任取れや）

ゆかり、札束を投げ返す。
小宮山、札束を受け取ると、

小宮山 （頼む！　ジャンケンして）
ゆかり （なんでやねん！）
小宮山 （出さなきゃ負けよジャンケンぽんっ！）

小宮山、パーで、ゆかり、チョキ。

ゆかり （よっしゃー！）
小宮山 （もう一回！　頼むもう一回！）

と、小宮山、ゆかりに土下座をして懇願。
入ってくるダイスケ役・黒川《くろかわ》と、ヒロシ役・ジン。

黒川はお茶を手に持ち、

黒川　レイカさん、お茶でよかった？

千歳　ありがとう

黒川　しっかしあいつ、自分の引っ越しだってのにやる気あんのかね!?

千歳　ないかもね〜。

黒川　もうさっさと片付けちまおうぜ！

ジン　ここらへんのもの捨てちゃっていいのかなぁ。

黒川　選別してる余裕なんかねえよ！　ガンガン捨てろ！

ジンと黒川、ゴミをかき集めるマイムを始める。

黒川　ええい！　ゴミ袋邪魔だ！

と、無造作にゆかりと小宮山を舞台前面に投げ転がす。

転がって来る小宮山とゆかり。

舞台前面で激しくぶつかりあうと、生命力を無くしたように力なく床に転がる。

小宮山 （やばいよ、俺にはこの金、荷が重すぎる……）

ゆかり （静かにせえ……うちらはゴミやゴミなんや……）

と、移動したジンに踏みつけられる二人。

小宮山 （最悪だ……超最悪だ……）

ゆかり （ウチらはゴミや……受け入れるんや）

ジン （黒川に）これも捨てていいかなぁ？

黒川 （ジンに）一々聞くな！

ジン 怒らなくてもいいだろ！

黒川 （やんのかコラァ！　とジンに顎《あご》を煽《あお》る）

ジン、文句を言いたいけど逆らえないのでゴミに八つ当たり。踏んだり殴《なぐ》ったり。

ゴミオ小宮山、ボロ雑巾のようになって息絶える。【註66】

小宮山　（もうどうにでもして）

ゆかり　（耐えるんやで、ゴミオ）

―徐々に暗転―

（暗くなる中、拍手の音が徐々に膨れ上がる）

―明転―

田沼《たぬま》が壇上で生徒に向かって口を開く（客席を生徒たちに見立てる）。

田沼　皆さん、観終わった感想はいかがでしょうか。笑いあり涙ありの非常に楽しいお芝居でしたね。このお芝居を観て、自分も演劇の道へ進みたいと思った人もいるのではないでしょうか。……しかし！

声の調子を一転強く。

田沼 華やかで楽しそうに見えても、演劇の世界は決して甘いものではありません。お芝居だけで食べていける役者などほんの一握りで、役者を目指すほとんどの人はバイトで食いつないで苦しい生活を送っています。……実を言うと、私も昔、売れない役者をやっていて、貧乏のどん底でした。……うん？ 信じられない？ じゃあ証拠を……（咳払い）

「生か死か。それが疑問だ……」と『ハムレット』を一頻《ひとしき》り。【註67】

田沼 どうです？ ハムレット。分かる？（照れ笑い）……さて、もし今日のお芝居を観て演劇を志す人がいたら、私の話を聞きになさい。演劇の苦労話なら、売るほどあります。皆さんが一瞬で憧れを失うこと請け合いです。……しかし、もし、私の話を聞いてもなお演劇の道を目指すという生徒がいたら……そのときは心からその選択を応援したいと思います……

―暗転―

【註65】脚本執筆を引き継いだ段階で、脚本にはさまざまな課題が残されていたが、この「ゴミのキャストをつけた『掃《は》きだめトレジャー』劇中劇」もその一つ。石山《いしやま》氏はここを書かずに元脚本を渡してきた。しかし、巧《たくみ》の見せ場として盛り上げた以上は観客の「ゴミ」に対する期待値が上がっていること、作者が田沼の生徒に対する演説を加えるつもりだったのでその布石としても絶対に必要な場面であることを主張し、書いてもらった（演劇経験のない作者にはゴミを演劇的に動かすシーンなど書けないので）。

ちなみに教室のワンシチュエーションのみという縛りのあった脚本に、作者が急遽《きゅうきょ》教室以外の場面を取り入れてしまったので、場面転換をどうするかという問題が浮上。結果、教室セットの前に赤い幕を一枚下ろして別の空間として演出することに。

【註66】稽古中、息絶える演技を各種試し、一応決まったもののあまりにシュールな演技に「これ大丈夫？（俺すべってない？）」と小宮山が不安がっていた。「本番が始まったらお客さんが教えてくれますよ」と司《つかさ》が爽《さわ》やかに突っ放し、演出は「小宮山、これだけは覚えといて。たとえ会場の四百人のお客さんが誰一人として笑わなくても俺だけは笑うから」と無責任に励ましていた。

【註67】最初は分かりやすく演劇人っぽい感じ、ということで『外郎売《ういろうう》り』を書いていたが大和田《おおわだ》氏の提案により『ハムレット』となった。今となっては『ハムレット』

以外を暗唱する田沼は思い描けない。

「エピローグ」【註68】

―明転―

帰《かえ》り支度《じたく》をしているシアターフラッグの面々。
司《つかさ》は教卓の上で物販などの集計をしている。

黒川　いや～、売った売った！
翼　物販すごい盛り上がってましたね！
スズ　缶バッジも好評だったし、それにＤＶＤだって一本売れたんだよ？
牧子　缶バッジは単価が安いからあまり期待できないけど……それにしても盛況だったわよね。
ジン　僕の呼び込みが効いたんだよ。
茅原　グッズをデザインしたのは僕だよ？　僕のセンスが若者にウケたに決まってるじゃないか。

小宮山 いやいや、俺がゴミを熱演して観客を沸かせたからだよ。

ゆかり 聞き捨てならんな、ゴミとしてウケてたのはうちのほうや！

本番を終えた安堵感《あんどかん》から口々に言葉が漏れる。

巧 みんな、今日は本当にお疲れさま。色々あったけど……本当……怪我《けが》もなく……無事に……（涙ぐむ）

ジン 始まったよ……

黒川 泣き虫は出てけっ！

巧 いや、本当に……何か、設定を変えたまったく新しい『掃《は》きだめトレジャー』を高校生たちと一緒に客席で観ながらさ……やっぱり俺たちは全員揃《そろ》ってシアターフラッグなんだなって……【註69】

牧子 …………

巧 芝居が始まる前もそう……みんなで輪になって指差し発声している姿を見て……この仲間たちで、誰一人欠けることなく、最後まで必死に走り続けたいって……そう思えたんだ……

スズ　あ、それあたしも分かります！　やっぱり全員揃うといいなあって。
茅原　何、改めてスズまで……
スズ　だって千歳《ちとせ》いなかったりすること多いし。
千歳　私も……みんなと一緒に地方公演来られて嬉《うれ》しかった。
巧　あのさ、地方公演の最後にお願いがあるんだけど……
牧子　何？
巧　もう一回指差しやってくれない？【註70】
ジン　は？
黒川　何で本番終わったばっかりなのにまたアップしなきゃならねえんだよ。
巧　見たいんだ、お願い！
ゆかり　始まったで、巧《たくみ》のおねだりが。
小宮山　疲れた役者にムチうつか？
黒川　しょうがねえよ甘えっ子だから……ほら全員立てっ！
スズ　司さんもやります？
牧子　今集中してるから邪魔しないの……

全員、輪になって指差し発声を始める。

黒川　それじゃ行くぞ……まずは……千歳からっ！

千歳　じゃあ行きま〜す……あっ！

全員　あっ！

以降、続ける。
その姿は他人から見ればとても滑稽《こっけい》で、
だけどそれだけではないようで、
不思議な時間が流れる。
それは穏やかだが、ともすれば危うさも孕《はら》んでいるような。
と、頃合いを見て司が作業の手を止める。

司　よし……

立ち上がる司。
全員、司に注目する。

司　ざっとだけど集計終わったぞ。
司の前に集まる劇団員たち。「近い近い」と司が散らす。

司　今回の総売上……
全員、固唾《かたず》を呑《の》む。

司　一万九千六百円！
一瞬の静寂がその場を支配した後、

全員　やっ……（たー、と声を張り上げかけて）微妙〜〜〜。

音楽カットイン。

それぞれの思いを乗せて教室を後にする劇団員たち。

スズ　すごいすごい！　みんな見送ってくれてますよ〜。

黒川　おおい！　高校生っ！　また来るぞ〜！

廊下の窓に影を残して歩いていく劇団員たち。

最後に残る司、一仕事を終え一つ息をつくと教室の電気を消す。

夕日が差し込む教室。

音楽、クライマックスまでボリュームを上げて

—暗転—

【註68】このエピローグ部分は石山《いしやま》氏のアイデアをほぼ丸ごと残した。ウォーミングアップのシアターゲーム（演技のトレーニングになるゲーム）を芝居に取り入れて、たいへん趣のある場面になっている。

【註69】稽古《けいこ》のときに「各自、巧の話に自由にリアクションしてみて」という指示が出され、そのときは示し合わせたわけでもないのに全員が巧の語りを完全無視で好き勝手に帰り支度をするという演技になってしまった。
演出「待って待って、さすがに巧かわいそうよ？　そこまで無視しないであげて？」
巧「みんなひどい……」
司「うちの弟、友達だと思われてないのかなぁって悲しくなりました」
黒川《くろかわ》からは「ちょっといじめすぎた」と詫《わ》びが入り、まるで本当のシアターフラッグのような一幕に。

【註70】指差し発声というのは Theatre 劇団子で実際に取り入れられているシアターゲーム。参加者が輪になり、最初の一人が別の二名を手で指し示してパスを出しながら「あ」を発声し、全員が復唱。以降、パスを受けた二名がそれぞれ一本ずつパスを出し「あえいうえおあお」の発声&復唱。実際には「あ・あ・え・え・い・い・う・う・え・え・お・お・あ・あ・お・お」となる。濁音・半濁音の行も交えて「わ」行まで、「わ」行からまた「あ」行までを遡《さかのぼ》る。二本回っているパスが一人に集中した

場合は、その一人がパスを二本出して元に戻す。

相手に正確にパスをすることとそのパスをきちんと受けること／視野を広げて瞬間的に判断する力を向上すること／複数のことを常に考え、緊張状態を保つことなどを意識し、訓練するゲーム。

しっかり周囲を見て反応しないとすぐ止まってしまい、長く続くとなかなか見事。これを実際の舞台に取り入れるのは演劇人ならではのセンスだな、と作者を含め出版サイドは感心するばかりだった。

有川 浩 脚本集
もう一つのシアター！
巻末スペシャル対談

取材・文◎吉田大助

PART:1
大和田伸也×有川 浩

PART:2
阿部丈二×有川 浩
（演劇集団キャラメルボックス）

巻末スペシャル対談

PART:1

大和田伸也 Shinya Owada × 有川浩 Hiro Arikawa

高校教師「田沼清一郎」を演じたのは、小劇場への出演は珍しい名俳優・大和田伸也。彼の存在と言葉が、有川浩の支えとなった。

大和田　僕は最近、バラエティ番組やCMで、自分のちょっとコミカルな部分を見ていただく機会が増えていて「怖い大和田」というイメージが薄れたせいか、若い人達からの「一緒に芝居やりませんか？」という話は結構多かったんです。そんな時に今回の舞台の話をいただきましてね。うちの長男が役者をやってるんですけど、ちょうど『シアター！』の文庫が出た時に、「お父さん、これ面白いから読みなよ」と渡されていたんですよ。急いで読んで、とにかくおもしろかったしね、ぜひ舞台に出させていただきたいと思ったんです。

有川　大和田さんほどの俳優さんに出演していただくのに、今まで脚本を一回も書いたことのない私みたいな人間が書いちゃっていいのか、という葛藤がすごくあったんです。

大和田　僕としては、逆にものすごく楽しみだったですねぇ。脚本が届いた日に一気に読んじゃったんですけど、とても初めてだとは思えませんでしたよ。約二時間という上演時間の中で、お客さんの興味をどう惹きつけながら緩まず流していくかっていう、お芝居独特の流れが的確に捉えられているなあと感心したんです。

有川　初めてお会いした時に大和田さんが脚本を褒めてくださったことが、私にとって一番大きな支えになったんですよ。「大和田さんがいいって言ってくださったから大丈夫！」みたいな。

大和田　いや、実に新鮮でしたねぇ。例えば、台詞の後に、細かくカッコして演技について書いてある。「こういうふうに演じてほしい」という作家の気持ちがよく分かる、今まで見たことがないタイプの脚本なんです。

有川　実はそれについてはちょっと事情がありまして。演出家とすり合わせの時間が充分取れないうえ、私がずっと稽古に立ち会えるわけではないので、とにかく演出家に対してだけは作家の意図を正確に伝えておかなくてはという意味で書き加えていました。

大和田　それからね、田沼という役。この年齢でこういう役をやってみたいなって気持ちと、ぴったりだったんですよ。

有川　田沼先生は、小説の『シアター！』には出てこない、舞台オリジナルのキャラクターなんですが、「私だったら大和田さんにこういう役をやっていただきたい」と思って書いたんです。僭越ですけれども、私から大和田さんへの「当て書き」なんですよ。この方からはかわいらしい、素敵なおじさまが出てくるはずだ、と(笑)。

大和田　僕もそう思ってました(笑)。でも、そういう部分を、なかなか引き出してくれる人がいないですよね。

「全力を出しきっているのか!?」
演劇は、役者が正解を持ってくる

有川　私が演劇の世界に興味を持ったきっかけは、今回の千歳役を演っていた、沢城みゆきさん。声優もされている彼女に誘われて、彼女が参加している劇団子の芝居を観に行くようになって。そうしたら、彼女から「黒字を出せる劇団になれるようにみんなで頑張ってるんです」という話を聞いて、私としては「黒字出てなかったの⁉」と。「演劇の世界ってそうなの⁉」というところから興味がわいていったんです。

大和田　僕は『シアター！』を読んで初めて知ったんですよ、今の若い小劇場の人達は、まず黒字を目指してるんだって。僕たちが芝居をやり出した頃は、これは文学座、俳優座、民藝といった大きな劇団も含めて、とりあえず黒字を出そうなんて発想はあまりなかった。ましてや僕の場合は早稲田大学の自由舞台という、学生劇団に入るところから俳優人生が始まるわけですけれども、当時の学生劇団というのは半分、学生運動みたいなところもありましたからね。演劇っていうものは、社会を批判したり、平和とか愛とか戦争反対ということをアピールするための道具として、僕たちは考えていたんです。

有川　むしろ、資本主義とは対立する感じだったんですね（笑）。

大和田　演劇で食えないからバイトするとかじゃなくて、そもそも演劇で食おうとは思わない、食うことは二の次だ、と。そういう時代だったんですよ。だから『シアター！』を読んで、今の若い人達の考えていることがよく分かりました。この考えはある意味正解だと思います。例えばグッズを売るだとかパソコンを使った宣伝方法でコストを削ったりして、なんとか埋めようとしてる。大変なことですよね。

有川　大変だと思います。劇団子の彼らの取材をしていていつも思っちゃうのが、すごくチャーミングな人達ではあるんだけれども、私はあんまり深入りしたくないなあ、と（笑）。『シアター！』の中で司が言うことってほぼ、私が考えてることそのままなんです。「演劇を続けても先が見えない。あまり親しくなって君たちの将来のことを心配するのが重たい」っていう。……今回、どっぷり付き合ってしまいましたけど（笑）。

大和田　今回のお芝居の中にも、厳しい言葉がいろいろ出てきますよね。僕自身もすごく、身につまされる台詞がいっぱいありました。

有川　田沼はすごくチャーミングな先生なんです

けど、その一方で、お芝居というものを否定することになってしまった人物で。実は、スタッフにちょっと心配されていたんですよ。紀伊國屋劇場にお芝居を観に来る方って、自分もお芝居を好きでやってらっしゃる方もだいぶいるんじゃないかと。そういう人達が、大和田さんほどの役者に、舞台のうえから厳しい言葉を突きつけられるってどうなんだろうって。

大和田　でも、あの言葉は真実なんですよね。逆に言えば、僕だから言えたのかもしれない。

有川　そう思います。大和田さんほどの役者に、「君たちは……全力を出しきっているのか⁉」と問いかけてもらうっていうことがたぶん、紀伊國屋劇場で『もう一つのシアター！』をやる意味なのかなって。そうだ、あの台詞、最初は「全力を出しているのか⁉」だったんですよね。

大和田　そうか、僕が稽古の時、気持ちで違うふうに言っちゃったんだ。そうしたら先生が「それでいきましょう」と言ってくださって。

有川　「全力を出しきっているのか⁉」と言われたのを聞いた時、「こっちの台詞が絶対正解！」と思って、脚本にその場で赤字を入れて直したんです。

大和田　今回の脚本集には、そういう赤字も入っている？

有川　全部直しました。演劇の世界って、役者さんの方が正解を持ってくるってことがある。それがすごくおもしろかったです。

大和田　そうおっしゃっていただけるとありがたいですね。それでね、そんなことを言っていた田沼先生が最後の最後に思いのたけを述べる。その挨拶がまたいいんですよ。あれだけ芝居はやめろ芝居は先がないと言っていた人が、それでも演劇の道を目指したいという人がいたら、「心からその選択を応援したいと思います」と。

有川　事件がひとまず全部解決した後で、ゴミの芝居を入れて、その後に田沼先生が終演後の舞台挨拶をするという。客席を生徒に見立てて大和田さんが語るっていうあのシーンは、どうしても作りたかったんです。

大和田　最後の挨拶でみんな、ジーンときたらしいんだよね。女優さんとか、役者さんもたくさん観に来てたんですけど、ベテランの人達もみんな、泣いたって言ってましたよ。

有川　私も、見ていて鳥肌が立ちました。大変だったけどこの脚本を書いて良かったなあと、あのシーンですごく痛感しましたね。

演劇の魅力、怖さ、面白さ……

今回の経験を「3」に活かします

大和田　お芝居って、相乗効果ってものがあるでしょう？

有川　本当にそう思うんです！　演劇って、足し算よりも掛け算になってるんだなあって。例えば脚本家が一〇〇％の力を出したとしても、演出家が五〇％の力しか持っていなかったら、掛けて五〇％になっちゃう。そこに役者さんやスタッフさんも関わって、お客さんの空気も交じり合っていって、作家の手の届かないところでどんどん数値が変わっていくんです。怖いと思ったのも、楽しいと思ったのもそこでした。

大和田　そう、掛け算になることも、割り算になることもある。プラスが出て、良かったよね。劇団子のみなさんは一途で素直で、気のいい若者達でしたよ。僕もとても居心地が良かった。一人一人が『シアター！』のキャラクターが飛び出してきたようで、すごく楽しかったですね。なにせ、僕も小説のファンですから（笑）。

有川　この公演にどっぷり関わることで、演劇の本当の魅力とか怖さ、おもしろさを五感でちゃんと経験できたことは、ものすごく大きかったと思っています。できることなら今の状態で、また1巻を書きたいくらい（笑）。もし今の感覚を知らないまま完結巻の「3」を書いていたら、たぶんキャラクター達にちゃんとした結末を与えられなかったと思うんですよ。

大和田　「3」を読ませていただくのがすごく楽しみですねぇ。それからね、掛け算にもなれば割り算にもなる、という今回の実感を踏まえて、また新しい戯曲を書かれたらどうなるのかというのも、僕としては期待したい。

有川　興味はすごく持っています。今回がものすごく楽しかったものですから。演劇はこれからどんどん観に行きたいし、いっぱい盗ませていただきたい。演劇から学べることって、いっぱいあるんじゃないかなって思っています。

大和田　ますます、いい作家になってきちゃうね。実はね、紀伊國屋劇場っていうのは、いわば小劇場の聖地です。いつかはあの劇場に出たいって気持ちがありながら、学生劇団の後に僕はもっとメジャーな方へ行っちゃったので、今回が初だったんですよ。若い頃出たいと思っていた劇場に、還暦を過ぎてからだけど、立つことができた。役者冥利に尽きますね。この舞台に出られて、僕は本当に嬉しかったんです。

有川　そんなことを言っていただけるなんて……私も作家冥利に尽きます！

Profile
大和田伸也（おおわだ·しんや）
1947年生まれ、福井県出身。早稲田大学在学中に演劇を始め、「劇団四季」などを経て俳優になる。ＮＨＫ連続テレビ小説『藍より青く』で人気を博し、テレビドラマ『水戸黄門』『篤姫』『小公女セイラ』『GM～踊れドクター』、映画『犬神の悪霊』『踊る大捜査線』シリーズ、舞台『細雪』『アニー』など出演作品多数。舞台演出や『いい旅夢気分』などのナレーターでも活躍する。

巻末スペシャル対談

PART:2

阿部丈二（演劇集団キャラメルボックス）Joji Abe × 有川浩 Hiro Arikawa

『シアター！』シリーズの鉄血宰相こと、劇団制作の「春川司」。演じ手の阿部丈二も、演劇ならではの不思議議に敏感な人物だった。

有川　私は、世界でたった一人の、自分のキャラクターから贈り物をもらって、自分のキャラクターに贈り物を受け取ってもらった作家になったんですよね。舞台上で「春川司」がしていた時計を、「私の時計と交換してください」って阿部さんからいただいたんですよ。むりやり奪い取ったともいえますが（笑）。

阿部　僕の方がどれだけ得したかって申し訳ないぐらい、素敵な時計と交換してもらったじゃないですか（笑）。今回は芝居の中で、時計を見る機会が多い役だったので、身につけているもので少しでも自分が違和感を感じないものをと思い、稽古中から私物を持ち込んでいろいろ試していたんです。それで、公演二日目かな？　その日に買ってきた時計をして舞台に出たら、客席で観ていた先生が終演後にいらして、時計のことを「司らしい」と褒めてくださって。「この時計でラク（楽日）まで行きます！」と、心に決めましたね。

有川　阿部さんの役作りの姿勢だったり、若い役者さん達へのアドバイスだったりが、周りをすごく勇気づけられていたと思います。私自身、阿部さんの演技を見て、「あ、司ってこういう人だったんだ」と納得させられたりもして（笑）。

阿部　脚本だけでなく、小説の『シアター！』と、それから文庫になる前の『シアター！2』の原稿も読ませていただいたので、司がどんな人物なのかというライン作りはとてもやりやすかったです。僕は普段から、役者として「自分を見せる」とかじゃなくて、「作品を見せる」という気持ちで舞台に立っているんですが、特に今回は、原作があるものなので。「この作品世界の、この人物を、いかに忠実に見せるか？」を、これまで以上に意識してやらなきゃいけないなと思いました。その点では、ドキュメンタリーに近いというか。過去に実際にいた人物を演じる、という感覚に近かったと思います。

有川　自由度が低い脚本だったのかな、と思うんです。

阿部　自由度という意味ではそうだったかもしれないですね。その代わり、やらなきゃいけない課題がはっきりしていたので、とてもやり甲斐がありました。

有川　実は私、阿部さんが所属している『演劇集団キャラメルボックス』さんのお芝居を、観たことがなかったんです。阿部さんが司役を引き受けてくれることになって、キャラメルの制作さんに「一度観に来てください！」と呼んでいただいたのが、『また逢おうと竜馬は言った』。

阿部　去年（二〇一〇年）の夏公演ですね。うちの劇団の、成井豊が作・演出でした。

有川　小説とは違う媒体のものって、表現者として比較的ラクに見れるんですよ。でも、その時はすっごく焦りました。「この物語を作ったのは誰だ⁉」と。「この舞台の裏側にいる成井豊という表現者は何者だ⁉」って思った。観に行ったのは土曜日の昼の回だったんですが、観終わった瞬間に「すみません夜も観るので当日券をお願いします！」って、制作さんに頼みましたからね。それぐらい、いてもたってもいられなかったんです。私、作家って、世界でたった一人であらねばならないと思うんですね。他の作家の背中を追いかけた時点で、自分が存在する意味がなくなる。

阿部　それはすごくシビアな考えですよね。ストイックですよ。

有川　憧れてる作家さんはいっぱいいるんです。でもその人達のマネをした時点で、自分がいる意味がなくなっちゃいますから。ただ、今回初めて気がついたのは、同業の中では背中を追いかけるのはいけないけど、小説の世界から一歩外に出たら、目標にしてもいい背中ってあるんじゃないかなって。成井豊さんとのご縁も私にとって、劇的だったなって思うんです。

新しい人が観に来るかもしれない
その可能性をちゃんと背負う

有川　阿部さんって、びっくりするような大きな会社に勤めてらっしゃったんですよね？

阿部　とりあえず、ビルは大きかったです（笑）。新卒で会社に入って改めて自分の人生を振り返った時に、やっぱり一度は演劇に挑戦しようと思ったんです。それで三年目に突然退職して、学生時代も含めて一度もお芝居をやったことがないまま、まったく違う世界から演劇の世界に飛び込みました。なので、司が感じる演劇の世界への違和感に共感するところはすごくあります。特に、『シアター！』の中でもたくさん取り上げられていますが、お金に関するあれこれ。分かりやすい例でいうと、小劇場系と呼ばれる多くの劇団では、チケット代をいただけても、そのお金は基本的にスタッフさんや制作さん達にいくお金であって、役者達はもらえない。それどころか、自分達でお金を払っていたりする。「これって、何なんだろう？」と。

有川　社会人を経験していたら、誰でもそう思いますよね。お金に対する緩さが、私も理解できなかったです。

阿部　これも『シアター！』の中に出てくるエピソードですけど、小さい劇場に行くと、お友達や家族、そして演劇関係者が観ているだけ。小劇場に関係している人間達の中だけでお金がぐるぐる回ってる。演劇をやっていない一般の方に観てもらうのが基本なのかなと思っていたら、関係者同士がお互いにお金を払って観てるっていう、その環境も不思議でした。

有川　お互いの発表会を行き来する、みたいな。すごく不思議ですよね。でも、その不思議さを、本人達は分かっていなかったりする。

阿部　もちろん、本人達は一生懸命だし、それで特に問題はないんです。ただ少しでも一般の方が観に来てくださっている中で、自分たちが楽しむことがメインになってしまっているとしたら、それはやっぱり間違いだと思う。お金をいただいて公演をするっていうことに対する責任感、対価を自分が返せているのかというところに、どこまで自分自身を追い詰めているか。そこの自覚をもっとしっかり持ってやっていかないと、演劇っていう表現ジャンルが広まることを、自ら手放すことになる。

有川　自分は演劇を愛してるから大丈夫っていう甘えが、そういう方にはあるのかなって、今お話を聞いていて思いました。愛していないどころか演劇を観たこともない、そんな新規の部外者が観に来るかもしれないっていう可能性を、ちゃんと考えているかどうか。演劇って、最初に張るお金が大きいから、一度失敗すると結構後に引きずっちゃうと思うんですよ。

阿部　最初の出会いに失敗して、そのせいで演劇から距離が離れたという意見は、とても多いですね。演劇人はみんな意識しなければいけない意見だと思います。僕自身まだまだ足りない部分はたくさんあるんですけれど、二、三年前ぐらいから劇団でも大きな役をいただけるようになって、昨年（二〇一〇年）の十月公演ではメインも張らせていただいて（成井豊の世界名作劇場『シラノ・ド・ベルジュラック』）。背負わなきゃいけないものが大きくなってきたタイミングだったと思うんですよ。劇団のためだけではなく、演劇というジャンルのためにも、自分が何かできることはないのだろうかと思い始めていた時期だったんです。なんていうか、やっとスタートラインに立てたところだった。そんな時に声をかけていただいたのがこの舞台でした。ですから『もう一つのシアター!』という作品のおもしろさと同時に、演劇という表現のおもしろさや魅力を伝えたい。そんな思いでいっぱいでしたね。

ふたりの、もう一つの『もう一つのシアター!』

有川　私は常に自分の中に、読者がいるんです。自分が書きたいからじゃなくって、ここ(胸に手を当てる仕草)に住んでいる人が、おもしろいと思うかどうかっていうことが大事。たぶん、阿部さんの中にもお客さんが住んでますよね?

阿部　お客さんがどう感じるかっていうのは常に、意識しています。稽古場であっても常に。「何のためにやってるのか?」ってことなんですよね。お客さんに観てもらって、楽しんでもらうためですから。自己表現だけのためだったら、僕は絶対できないですね。

有川　人間って、自分のためにはあまり頑張らないと思うんですよ。人のためだから頑張れる。

阿部　本当にそう思います。キャラメルボックスという劇団で僕が好きなのは、いろいろな作品をやっているんだけど根本に流れているテーマは「人が人を思う気持ち」というところ。有川さんがおっしゃる通り、「人のため」の方が、人は強くなれると思うんですよ。それから、今回の舞台をご一緒させていただいて思ったことがあって、先生は周りのスタッフの方達に支えられている、それはとても幸せなことなんだと先生自身がすごく感じていて、その人達に感謝をしながらお仕事をされているってことなんです。その姿勢に、見ていて感動させられました。

有川　周りで支えてくれる人達が、私という作家の強みだと思います。私、引きが強いんだと思うんですよ。いいことも引くし、悪いこともすっごい勢いで引くんですけど(笑)。

阿部　日々の出会いがある中で、あの時のあのタイミングで出会っていなかったら、きっと大きな出会いにはならなかったなぁと感じることっていっぱいあって。今回のこのタイミングで有川さんと出会えたことは、間違いなく、大きな出会いになったと僕は思います。

有川　私もです。自分がこの先もずっと作家でい続けることができるのであれば、たぶん、今回のこの出会いが効いてくると思っていますね。あとで作家としてのエポックメイキングを振り返るとしたら、絶対にこの『もう一つのシアター！』が出てくるはず。だから、これからも私、キャラメルさんと阿部さんを追いかけていきます。一期一会ってよく言われますけど、私はこの出会いを、一期一会で終わらす気はさらさらない（笑）！

阿部　僕自身もどんどん力をつけて、自分の意志というか自分の企画で、先生と一緒に何かできるようになりたいなと思っています。いつか、僕たちの『シアター！』を作りましょう！

有川　はい！　必ず。

シアターで
お会いしましょう
Joji Abe

Profile
阿部丈二（あべ・じょうじ）
本名、阿部丈二。1977年生。演劇集団キャラメルボックス所属。抜群のコメディセンスと徹底した役作りが魅力。抱腹絶倒の三枚目役から、心に傷を持つろう者の青年、病気を抱えた初老の町医者など、役の幅と型にはまらない演技には定評がある。主演作『シラノ・ド・ベルジュラック』でも難役を見事にこなし高評を博す。活動は、キャラメルボックス公式HPにて。
http://www.caramelbox.com/

第22 回公演「好きよキャプテン」

Theatre 劇団子
（シアトルゲキダンゴ）

1993 年、石山英憲を中心に日本大学芸術学部映画学科演技コースの学生が立ち上げた劇団。“誰にでも楽しめるエンターテイメント”をモットーに、ささやかな日常をテーマとした人情コメディーを作り続けている。劇中に巧みな映像表現を取り入れたり、お笑いコンビやミュージシャンをキャスティングするなど、演劇の枠にとらわれない、より質の高いエンターテイメントを目指した演劇活動を行っている。

2000年東京都歴史文化財団創造活動支援事業、2004年日本演出家協会若手演出家コンクール第2次選考対象作品に選出。2006年には小劇場演劇の登竜門と呼ばれる紀伊國屋ホール進出を果たす。2009年5月に開催された愛知演劇博覧会カラフル3では、全国の並み居る強豪劇団を抑え、グランプリに相当する「パブリックアワード―観客賞―」と「インターネットクチコミ賞―演劇ライフ賞―」をダブル受賞し、高い評価を受けた。

Theatre 劇団子ホームページ：
http://www.gekidango.jp/

携帯サイト：
http://www.gekidango.jp/mdd/

有川　浩　著作リスト

シアター！（メディアワークス文庫）
シアター！2（同）
有川浩脚本集　もう一つのシアター！（同）
塩の街 wish on my precious（電撃文庫）
空の中（角川文庫）
海の底（同）
塩の街（同）
クジラの彼（同）
図書館戦争（同）
図書館内乱（同）
図書館危機（同）
レインツリーの国（新潮文庫）
阪急電車（幻冬舎文庫）
空の中（電撃の単行本）

海の底（同）
塩の街（同）
図書館戦争（同）
図書館内乱（同）
図書館危機（同）
図書館革命（同）
別冊　図書館戦争Ⅰ（同）
別冊　図書館戦争Ⅱ（同）

クジラの彼（角川書店）
ラブコメ今昔（同）
植物図鑑（同）
県庁おもてなし課（同）
レインツリーの国（新潮社）
キケン（同）
ストーリー・セラー（同）
阪急電車（幻冬舎）
フリーター、家を買う。（同）
三匹のおっさん（文藝春秋）

メディアワークス文庫

有《あり》川《かわ》浩《ひろ》脚《きやく》本《ほん》集《しゆう》　もう一《ひと》つのシアター！

有《あり》川《かわ》　浩《ひろ》

発行　2011年5月25日　初版発行

発行者　高野　潔
発行所　株式会社アスキー・メディアワークス
〒160-8326　東京都新宿区西新宿4-34-7
電話03-6866-7311（編集）
発売元　株式会社角川グループパブリッシング
〒102-8177　東京都千代田区富士見2-13-3
電話03-3238-8605（営業）
装丁者　渡辺宏一（有限会社ニイナナニイゴオ）
印刷・製本　旭印刷株式会社

Printed in Japan
ISBN978-4-04-870588-2 C0193

アスキー・メディアワークス　http://asciimw.jp/
メディアワークス文庫　http://mwbunko.com/

本書に対するご意見、ご感想をお寄せください。

あて先
〒160-8326　東京都新宿区西新宿4-34-7　株式会社アスキー・メディアワークス
メディアワークス文庫編集部
「有川 浩先生」係

メディアワークス文庫

有川 浩が贈るエンターテイメント小説

シアター!

有川 浩

劇団存続なるか——?

どうなる「シアターフラッグ」!?

シアター! **発売中**

定価:641円(税込)

小劇団「シアターフラッグ」——ファンも多いが、解散の危機が迫っていた……そう、お金がないのだ!! その負債額なんと300万円! 悩んだ主宰の春川巧は兄の司に泣きつく。司は巧にお金を貸す代わりに「2年間で劇団の収益からこの300万を返せ。できない場合は劇団を潰せ」と厳しい条件を出した。

新星プロ声優・羽田千歳が加わり一癖も二癖もある劇団員は10名に。そして鉄血宰相・春川司も迎え入れ、新たな「シアターフラッグ」は旗揚げされるのだが……。

シアター!2 **発売中**

定価:641円(税込)

※各定価は税込(5%)です。

発行●アスキー・メディアワークス

あ-1-1 ISBN978-4-04-868221-3

あ-1-2 ISBN978-4-04-870280-5

有川浩の“自衛隊三部作”好評既刊

200X年、二度の航空機事故が
人類を眠れる秘密と接触させた——

空の中

四六判／ハードカバー／本文482頁

春、寧日。天気晴朗なれど、
波の下には不穏があった。

海の底

四六判／ハードカバー／本文458頁

塩が世界を埋め尽くす塩害の時代。
塩は着々と街を飲み込み、
社会を崩壊させせようとしていた。

塩の街

四六判／ハードカバー／本文424頁

電撃の単行本